KB212570

# Walt Whitman's Songs

Walt Whitman

## 지은이

**월트 휘트먼** Walt Whitman, 1819.5.31~1892.3.26

월트 휘트먼은 미국 뉴욕주 롱아일랜드의 가난한 집안에서 태어나 5년간의 공립학교 생활을 마치고, 변호사 사무실 사환, 인쇄소 수습공, 교사, 신문잡지 편집인, 건설노동자 같은 다양한 삶을 체험하였다. 그런 삶들에 대한 솔직하고 거침없는 기록이 그의 시집『풀잎』으로, 에머슨은『풀잎』초판을 받아 보고 "미국이 지금까지 이룩한 재기와 지혜 중 가장 탁월하다"라고 환호하였다. 휘트먼은 짧은 역사의 미국문학을 자신만의 고유한 필치와 형식으로 집대성하여 미국문학의 토대를 다지고 그만의 색깔로 인류 보편의 문제들을 아낌없이 감싸고 포용함으로써 미국문학이 세계문학으로 도약할 계기와 발판을 마련하였으며, 시의 형식과 내용의 측면에서 20세기 현대 영시의 나아갈 방향도 예시한 위대한 시인이었다.

## 엮고 옮긴이

**김천봉** 金天峯, Kim Chun-bong

1969년에 완도에서 태어나 항일의 섬 소안도에서 초·중·고를 졸업하고, 숭실대 영문과에서 학사와 석사, 고려대 대학원에서 박사학위를 받았다. 숭실대와 고려대에서 영시를 가르쳤으며, 19~20세기의 주요 영미 시인들의 시를 우리말로 번역하여 소개하고 있다.『윌리엄 블레이크, 마음을 말하면 세상이 나에게 온다』,『에밀리 디킨슨―나는 무명인! 당신은 누구세요?』,『사라 티즈데일―사랑 노래, 불꽃과 그림자』,『에이미 로웰―이 터질듯한 아름다움』과『W.B. 예이츠―술은 입으로 들어오고 사랑은 눈으로 들어온다』를 냈다.

소명출판영미시인선 06
월트 휘트먼 시선집
**월트 휘트먼의 노래 2**

| | |
|---|---|
| **초판발행** | 2025년 3월 15일 |
| **지은이** | 월트 휘트먼 |
| **엮고 옮긴이** | 김천봉 |
| **펴낸이** | 박성모 |
| **펴낸곳** | 소명출판 |
| **출판등록** | 제1998-000017호 |
| **주소** | 서울시 서초구 사임당로14길 15 서광빌딩 2층 |
| **전화** | 02-585-7840 |
| **팩스** | 02-585-7848 |
| **이메일** | somyungbooks@daum.net |
| **홈페이지** | www.somyong.co.kr |
| **ISBN** | 979-11-5905-844-8 03840 |
| **ISBN** | 979-11-5905-802-8 (전2권) |
| **정가** | 10,000원 |

소명출판영미시인선 06

월트 휘트먼 시선집

# 월트 휘트먼의 노래 2

## Walt Whitman's Songs

월트 휘트먼 지음
김천봉 엮고 옮김

# 차례

# 신화들은 위대하다

삶이 많은 의미를 지녔는가?
아, 죽음은 아주 엄청난 의미를 지녔다.

# 아담이 아침에 일찍

As Adam Early in the Morning

아담이 아침에 일찍

잠에서 깨어 상쾌한 기분으로 침실에서 걸어 나와,

지나가는 나를 바라보다가, 나의 목소리를 듣고, 다가

와서,

나를 어루만지듯이, 당신의 손바닥으로 지나가는 나의

몸을 어루만져라.

나의 몸을 두려워하지 마라.

# 우리 두 소년이 서로 착 들러붙어

We Two Boys Together Clinging

우리 두 소년이 서로 착 들러붙어,

서로가 서로를 절대 놔주지 않은 채,

길들을 오르락내리락하면서, 남과 북 소풍을 다니고,

힘 자랑을 하고, 팔꿈치들을 쭉 펴서 손가락들을 부여
잡고,

팔짱을 낀 채 두려움 없이 먹고, 마시고, 자고, 사랑하고,

우리 자신보다 못난 법은 인정하지 않은 채, 항해하고,
복무하고, 훔치고, 위협하면서,

구두쇠들, 하인들, 두렵게 만드는 사제들이 되어, 공기
를 호흡하고, 물을 마시고, 잔디밭이나 바닷가에서 춤도
추면서,

도시들을 일변시키고, 안락을 비웃고, 법령들을 조롱하
고, 연약함을 쫓아다니며,

우리의 약탈을 완수해 갈 것이다.

# 동무여 내가 자네의 무릎에
# 내 머리를 눕히고

As I Lay with My Hand in Your Lap Camerado

동무여 내가 자네의 무릎에 내 머리를 눕히고

내가 했던 고백을 다시 하네. 내가 자네와 열린 하늘에 했던 말을 다시 하네.

내가 들썩거려서 다른 이들도 그렇게 만든다는 것을 나도 아네.

나의 말들이 위험으로 가득하고, 죽음으로 가득하다는 것을 나도 아네.

내가 평화, 안전, 그리고 온갖 안정된 법칙들에 맞서서, 그런 것들을 뒤흔드니까.

모두가 나를 받아줬으면 좋았겠지만 모두 나를 거절했기 때문에 더욱 내가 단호한 것이라네.

나는 경험, 경고들, 다수, 조롱 따위에 주의하지 않고 주의한 적도 없었네.

소위 지옥의 위협은 나에게는 거의 아무것도 아니요,

소위 천국의 유혹 역시 나에게는 거의 아무것도 아니니까.

소중한 동무여! 이제야 고백하네만 나는 자네에게 나

와 함께 계속 나아가자고 촉구해왔고, 여전히 자네에게 촉구하지, 우리의 목표가 뭔지,

또 우리가 승리할지, 아니면 완전히 진압되어 패배하고 말지도 전혀 모른 채 말이네.

# 동부에 또 서부에

To the East and to the West

동부에 또 서부에,

해변 주[1]의 사람에게 또 펜실베이니아 사람에게,

북부의 캐나다 사람에게, 내가 사랑하는 남부 사람에게,

이 시는 완전한 믿음을 가지고 당신들을 나 자신이라고 묘사한다. 그 싹들은 모든 사람 속에 들어 있다.

나는 이 합중국의 주요 목적이 지금껏 알려지지 않은, 의기양양한, 최고의 우애를 구축하는 일이라고 믿는다,

나는 그것이 모든 사람 속에 잠재되어, 기다리고 있고, 늘 기다려왔다는 것을 알고 있기 때문이다.

---

1 "해변 주"는 뉴잉글랜드(메인, 뉴햄프셔, 버몬트, 매사추세츠, 로드아일랜드, 코네티컷의 6개 주를 포함하는 미국 북동부 지역)를 가리킨다.

# 오 민주주의 그대를 위하여

For You O Democracy

오라, 내가 이 대륙을 굳건하게 만들 것이다.

내가 태양이 비춘 적 없는 가장 찬란한 국민을 만들 것이다.

내가 성스러운 자성을 지닌 나라를 만들 것이다

       동료들의 사랑으로,

              동료들의 평생 사랑으로.


내가 동료애를 울창하게 심을 것이다, 아메리카의 모든 강을 따라, 커다란 호수들의 기슭을 따라서, 또 초원들의 곳곳에서 자라는 나무들처럼.

내가 각자의 팔로 서로의 목을 감싸는 불가분의 도시들을 건설할 것이다

       동료들의 사랑으로,

              동료들의 사람다운 사랑으로.


오 민주주의여, 나의 연인 그대를 섬기고자, 이 시를 바친다!

그대를 위하여, 그대를 위하여 내가 떨리는 목소리로 이 노래들을 부른다.

# 배들의 도시

City of Ships


배들의 도시여!

(오 거뭇한 배들! 오 사나운 배들!

오 아름다운 뾰족-뱃머리의 기선들과 범선들!)

세상의 도시여! (모든 민족이 여기에 있기에,

대지의 모든 나라가 이 도시에 기여하기에)

바다의 도시! 급하게 움직이며 반짝이는 물결의 도시!

즐거운 물결이 끊임없이 밀려왔다 물러가며, 회오리와
거품을 물고 들락날락 소용돌이치는 도시!

부두와 상점들의 도시—대리석과 강철로 세운 커다란
건물들의 도시!

의기양양하고 정열적인 도시—기운차고, 열광적이고,
사치스러운 도시!

솟아올라라 오 도시여—평화만 추구하지 말고, 정녕 너
자신이 되어라, 호전적으로!

두려워하지 마라—어떤 표본들에도 굴하지 말고 너만
의 표본을 이루어라, 오 도시여!

나를 보라—내가 너를 구현시켰듯 나를 구현해라!

나는 네가 나에게 베푼 것을 절대 거절하지 않았다—

네가 받아들인 모든 것을 나는 받아들였다.

좋든 나쁘든 나는 결코 너에게 묻지 않는다—나는 모두 사랑한다—나는 그 어떤 것도 비난하지 않는다.

나는 네가 가진 모든 것들을 노래하고 찬미한다—그러나 더 이상 평화는 없다.

평화 속에서 나는 평화를 노래했으나, 이제는 전쟁의 북소리가 나의 노래다.

전쟁, 붉은 전쟁이 너의 거리들에 울려 퍼지는 나의 노래다, 오 도시여!

# 두드려라! 두드려라! 북들아!

Beat! Beat! Drums!

두드려라! 두드려라! 북들아!—불어라! 나팔들아! 불어라!

창문들을 뚫고—문들을 뚫고서—무자비한 군대처럼,

엄숙한 교회로 밀고 들어가서 신도들을 흩어버려라.

학생이 공부하고 있는 학교로 들어가라.

신랑을 한가하게 두지 마라—지금은 신부랑 행복을 나눌 때가 아니다.

평화로운 농부도, 밭을 갈거나 곡식을 거두며 평화를 누릴 때가 아니다.

아주 맹렬하게 붕붕 울려라 둥둥 북을 쳐라—아주 날카롭게 너희 나팔들아 불어라.

두드려라! 두드려라! 북들아!—불어라! 나팔들아! 불어라!

도시들의 교통을 압도하라—거리들에서 덜컥거리는 바퀴 소리를 압도하라.

밤이라고 집마다 잠자리를 봐두었는가? 아무도 그 잠자리에 들지 못한다.

낮에 물건을 사고파는 장사꾼들—중개인들이나 투기꾼들도 안 된다—다들 계속하고 싶은가?

이야기꾼들도 계속 얘기하고 싶은가? 가수도 계속 노래하고 싶은가?

변호사도 법정에서 일어나 판사 앞에서 사건을 진술하고 싶은가?

그렇다면 더 빨리, 더 격렬하게 둥둥 북을 울려라 — 너희 나팔들아 더 사납게 불어라.


두드려라! 두드려라! 북들아!—불어라! 나팔들아! 불어라!

어떤 화평교섭도 하지 마라—어떤 간언에도 멈추지 마라.

겁쟁이들은 신경 쓰지 마라—우는 자도 기도하는 자도 신경 쓰지 마라.

젊은이에게 애원하는 늙은이도 신경 쓰지 마라.

아이의 우는 소리도, 어머니의 애원 소리도 듣지 마라.

가대에 누워 자기 관을 기다리고 있는 저 죽은 이들을 흔들어 깨워라.

아주 강력하게 너희야 둥둥 울려라 오 무서운 북들아—아주 우렁차게 너희 나팔들아 불어라.

# 아메리카

America


성숙했든 미숙했든, 젊었든 늙었든,

강하고, 넉넉하고, 곱고, 참을성 있고, 유능하고, 부유하고,

대지와 더불어, 자유, 법과 사랑과 더불어 영존하면서,

모두가 똑같이 사랑받는 평등한 딸들, 평등한 아들들의
중심,

철석같은 시간의 의자에 자리를 잡고

앉아서, 우뚝 솟은, 당당하고, 온건한 어머니.

# 나는 아메리카의 노랫소리를 듣는다
I Hear America Singing

나는 아메리카의 노랫소리를 듣는다. 그 다양한 환희의 노래들을 나는 듣는다.

명랑하게 힘차게 살자고 부르는 정비공들의 노랫소리,

널빤지나 기둥의 치수를 재며 노래하는 목수,

일터로 나갈 준비를 하거나, 일터를 떠나면서 노래하는 석공,

자기 배에서 자기 일에 딱 맞는 노래를 부르는 뱃사공, 증기선 갑판에서 노래하는 갑판원,

긴 의자에 앉아 노래하는 구두장이, 서서 노래하는 모자 장수,

벌목공의 노래, 아침에 쟁기질하러 나가거나, 한낮에 쉬거나 해질녘에 돌아오며 부르는 소년의 노래,

어머니의, 또 일하는 젊은 아낙네의, 또 바느질하거나 빨래하는 소녀의 아주 기분 좋은 노랫소리,

저마다 다른 누구의 것도 아닌, 그 혹은 그녀에게 딱 맞는 노래를 부르는 소리,

낮에는 낮에 딱 맞는 노래를 — 밤에는 팔팔하고 다정한 젊은이들의 파티,

강렬하고 아름다운 가락의 노래들을 고래고래 부르는
소리를 듣는다.

# 창조의 법칙들

Laws for Creations

창조의 법칙들,

뛰어난 예술가들과 지도자들을 위해서, 갓 부임한 선생님들과 아메리카의 온전한 문학자들을 위해서,

고결한 학자들과 미래의 음악가들을 위해서

모두가 세계의 앙상블과 세계의 조밀한 진실을 나타내야 한다.

그래야 너무 두드러진 주제가 없을 것이다 — 모든 작품이 다양한 우회의 성스러운 법칙을 예증할 것이다.

당신은 창조가 뭐라고 생각하는가?

당신은 뭐가 영혼을 만족시키리라 생각하는가, 자유롭게 걸어 다니며 크게 욕심부리지 않으면 되지 않은가?

당신은 내가 백 가지 방식으로 당신한테 넌지시 알려주고 싶은 것이 뭐라고 생각하는가, 남자도 여자도 신처럼 아름답다는 사실이 아니겠는가?

또 당신 자신도 신과 똑같이 성스럽다는 사실이 아니겠는가?

또 가장 오래된 신화들과 새로운 신화들이 결국 의미하는 바가 바로 그것이라는 사실이 아니겠는가?

또 당신도 그 누구도 그런 법칙들을 통해 창조에 접근해야 한다는 사실이 아니겠는가?

# 개척자들이여! 오 개척자들이여!

Pioneers! O Pioneers!


　오라 볕에 탄 얼굴의 내 자식들이여,
　차례차례 잘 따라오라. 너희의 무기들을 준비해라.
　너희의 권총들은 있느냐? 예리한-날의 도끼들은 있느냐?
　　개척자들이여! 오 개척자들이여!


　　우리는 여기서 주저할 수 없기에,
　　우리는 나의 소중한 이들을 행진시켜야 한다. 우리는
위험의 예봉을 견뎌야 한다.
　　우리는 젊고 늠름한 자손들, 나머지 모두가 우리를 믿
는다.
　　　개척자들이여! 오 개척자들이여!


　　오 너희 젊은이들, 서부의 젊은이들이여,
　　몹시 조급하고, 왕성한 활동력에, 사내다운 긍지와 우
정으로 충만한
　　너희 서부 젊은이들의 모습이 선하게 보인다. 쿵쿵거리
며 선두로 나아가는 너희가 보인다.
　　　개척자들이여! 오 개척자들이여!

선배 동료들이 멈춰 섰는가?

저 바다를 건너오느라 지치고 지친 그들이 늘어져서 자신들의 과업을 끝내는가?

우리가 그 영원한 임무, 그 무거운 짐과 과업을 이어받자.

개척자들이여! 오 개척자들이여!


모든 과거를 우리 뒤에 남겨두고,

우리는 더 새롭고 더욱 강력한 세상, 다채로운 세계로 진출하자.

기운차고 강력하게 그 세상을 우리가 움켜쥐자, 노동과 행진의 세계를.

개척자들이여! 오 개척자들이여!


우리 안정된 고립 따위는 던져버리고,

산마루턱을 내려와서, 온갖 고갯길들 헤치고, 가파른 산길들을 오르며

정복하고, 차지하고, 도전하고, 모험하면서 우리 함께 미지의 길들을 나아가자.

개척자들이여! 오 개척자들이여!

원시의 숲들을 베어 넘어뜨리는 우리,

숱한 강물을 막는 우리, 숱한 광산을 깊이 파고 들어가서 고생하는 우리,

드넓은 지표면을 측량하는 우리, 처녀지를 파 올리는 우리,

개척자들이여! 오 개척자들이여!


우리는 콜로라도 사내들,

거대한 산봉우리에서, 뾰족 솟은 산맥과 드높은 고원들에서,

광산에서 또 골짜기에서, 황야의 사냥터에서 우리는 왔다.

개척자들이여! 오 개척자들이여!


네브래스카에서, 아칸소에서,

미주리에서 온 우리는 중부내륙의 자손들, 대륙의 피로 정맥처럼 얽혀서,

모든 남부 사람, 모든 북부 사람, 모든 동무의 손을 움켜쥔다.

개척자들이여! 오 개척자들이여!


오 저항할 수 없이 정력적인 자손이여!

오 모두가 사랑스러운 자손! 오 내 가슴이 모두를 향한 다정한 사랑에 아려서!

오 짠하면서도 기쁘구나. 모두에 대한 사랑에 황홀하구나.

개척자들이여! 오 개척자들이여!


저 위대한 어머니 연인을 번쩍 들어 올려라.

그 자상한 연인을 드높이 헹가래 쳐라, 별처럼 빛나는 모든 연인 위로 (너희의 머리를 모두 숙여라,)

독니를 품은 호전적인 연인, 단호하고 냉정한 연인, 무장한 연인을 번쩍 들어 올려라.

개척자들이여! 오 개척자들이여!


나의 자식들, 결연한 자식들을 보라.

저들이 벌떼처럼 우리의 뒤를 받쳐 주리니 우리는 굴복하거나 주저해서는 안 된다.

지난 세월의 수백만 유령들이 뒤에서 눈살을 찌푸리며 우리를 쫴치고 있다.

개척자들이여! 오 개척자들이여!


밀집한 병사들이여 전진하고 전진하라.

언제나 대기하고 있는 후발대와 함께, 죽은 이들의 자리들을 잽싸게 메우며,

전투를 이겨내고, 패배를 극복하며, 절대 멈추지 말고 계속 나아가라.

개척자들이여! 오 개척자들이여!


오 죽음을 무릅쓰고 계속 전진하라!

우리 중 누가 축 늘어져 죽을 것 같은가? 벌써 그 시간이 도래했는가?

그래도 행진하다 죽으니 우리에게 걸맞은 죽음이다. 머지않아 확실하게 그 빈자리는 채워질 것이다.

개척자들이여! 오 개척자들이여!


세상의 모든 맥동이

정렬한 채 우리를 위해 뛰고 있다. 서부 대이동의 맥동과 함께,

외롭게 혹은 함께 버티며, 모두 우리를 위해, 꿋꿋이 전선으로 나아가고 있다.

개척자들이여! 오 개척자들이여!


삶이란 복잡하고 다채로운 행렬들이다.

온갖 관례와 가식들, 각자의 일에 충실한 모든 일꾼,

모든 바다 사람들과 육지인들, 모든 주인들과 그들의 노예들,

개척자들이여! 오 개척자들이여!


　불행하고 과묵한 모든 연인,

　감옥에 갇힌 모든 죄수, 모든 의인과 악한들,

　즐거워하는 모두, 슬퍼하는 모두, 살아있는 모두, 죽어

가는 모두,

　　개척자들이여! 오 개척자들이여!


　나 역시 내 영혼과 육체와 함께,

　우리, 호기심 많은 삼총사도, 우리의 길을 택하여 배회

하다가,

　그림자들에 휩싸인 이 기슭들을 지나, 유령들과 함께

밀치며 나아간다.

　　개척자들이여! 오 개척자들이여!


　보라, 저 획획 술술 날아가는 천체를!

　보라, 그 주변의 형제 천체들, 모두 뭉치는 태양들과 행

성들,

　눈부신 모든 날들, 꿈들로 가득한 모든 신비로운 밤들을.

　　개척자들이여! 오 개척자들이여!


　이런 것들이 모두 우리를 품고 있다. 그것들이 우리

와 함께한다.

모두가 근본적으로 필요한 일을 하는 사이에, 뒤따를 후손들이 태중에서 기다린다.

우리는 오늘의 행진을 이끈다. 우리는 여행에 적합한 길을 닦는다.

개척자들이여! 오 개척자들이여!


오 너희 서부의 딸들이여!

오 어린 딸들이여 나이 지긋한 딸들이여! 오 어머니들이여 아내들이여!

절대 떨어지지 말고, 우리의 행렬들에 끼어 합심하여 나아가라.

개척자들이여! 오 개척자들이여!


대초원에 잠복해있는 음유시인들이여!

(다른 땅들의 수의에 싸인 시인들이여, 편히 쉬시라. 당신들은 당신들의 소임을 다했다.)

머지않아 나는 다가오며 노래하는 당신들의 소리를 들으리라. 머지않아 당신들이 일어나서 우리 사이로 걸어가리라.

개척자들이여! 오 개척자들이여!

달콤한 기쁨들을 위해서도 아니요,

방석과 슬리퍼를 위해서도 아니요, 평화주의자와 면학도를 위해서도 아니다.

안전해서 물리는 부귀영화를 위해서도, 우리의 단조로운 향락을 위해서도 아니다.

개척자들이여! 오 개척자들이여!


축제 참가자들이 게걸스럽게 포식하는가?

뚱뚱한 잠꾸러기들이 자는가? 그들이 문을 잠그고 빗장을 걸었는가?

그러나 구제할 길 없는 식습관도, 땅에 깔린 담요도 우리 것이다.

개척자들이여! 오 개척자들이여!


벌써 밤이 내렸는가?

길에서 너무 늦게까지 고생했는가? 우리가 꾸벅꾸벅 졸며 가다가 낙심해서 멈추었는가?

그러면 내가 잠시 시간을 줄 테니 다 잊고 너희의 행로에 멈추어 한숨 돌려라.

개척자들이여! 오 개척자들이여!


드디어 트럼펫 소리와 함께, 멀리서, 아득히 멀리서

동트는 새벽이 부른다 — 들어보라! 들려오는 트럼펫 소리가 참으로 우렁차고 맑다.

어서! 대군의 선두로 가라! — 어서! 벌떡 일어나 너희의 자리로 가라.

개척자들이여! 오 개척자들이여!

# 신화들은 위대하다

Great Are the Myths

## 1

신화들은 위대하다 — 나 역시 그 신화들을 즐긴다.

아담과 이브는 위대하다 — 나 역시 돌아보며 그들을 받아들인다.

흥망성쇠 한 나라들과, 그들의 시인들, 여자들, 현자들, 발명가들, 통치자들, 전사들과 사제들은 위대하다.

자유는 위대하다! 평등은 위대하다! 나는 그것들의 추종자다.

국가들의 키잡이들이여, 당신들의 배를 선정하라! 당신들이 항해하는 곳에서, 나도 항해할 것이다.

나는 당신들과 함께 폭풍을 헤쳐나가거나, 당신들과 함께 가라앉을 것이다.

청춘은 위대하다 — 노년도 똑같이 위대하다 — 낮과 밤은 위대하다.

부는 위대하다 — 가난은 위대하다 — 표현은 위대하

다 — 침묵은 위대하다.


　호방하고, 활기차고, 사랑하는 청춘 — 우아하고, 힘차고, 매력적인 청춘!
　당신의 뒤를 이을 노년도 똑같이 우아하고, 힘차고, 매력적일 수 있다는 것을 당신은 아는가?


　활짝 피어나 찬란한 낮—멋진 태양, 행동, 야망, 웃음의 낮,
　밤이 수백만의 태양들과 잠과 회복의 어둠을 대동하고 바짝 뒤따른다.


　넘치는 손, 좋은 옷, 환대를 동반하는 부,
　하지만 정직, 지식, 긍지, 품는 사랑을 동반하는 영혼의 부.
　(누가 부보다 풍요로운 가난을 보여주는 남자들과 여자들을 택하겠는가?)


　말의 표현! 글로 적히거나 말로 언급된 것에서, 침묵 역시 표현적이라는 것을 잊지 말라.
　아무 말이 없다고 하더라도, 격통이 델 듯이 뜨겁고, 경멸이 얼얼할 만큼 차가울 수 있다는 것을.

# 2

지구와 지구가 지금의 모습으로 변해온 과정도 위대하다.

당신은 그 변화가 여기서 멈췄다고 상상하는가? 증식을 그만두었다고?

이제부터라도 인류가 나타나기 전에, 지구가 물과 가스에 휘덮여 있던 시대부터 오늘에 이르렀듯, 앞으로도 계속 커질 것이라고 이해하라.


사람 속에 들어있는 진리의 속성은 위대하다.

사람 속에 들어있는 진리의 속성은 온갖 변화를 겪으며 자기 힘으로 살아간다.

그 속성은 필연적으로 사람 안에 내재해 있다 — 사람과 그 속성은 사랑하는 사이며, 결코 서로를 떠나지 않는다.


사람 속의 그 진리는 결코 언명이 아니다. 그 진리는 시력처럼 활기차다.

어떤 영혼이 있다면, 거기에는 진리가 있다 — 남자 혹은 여자가 있다면 거기에는 진리가 있다 — 육체적이거나 윤리적인 것이 있다면 거기에는 진리가 있다.

평형 혹은 의지력이 있다면, 거기에는 진리가 있다 — 지구 위에 물체들이 조금이라도 있다면, 거기에는 진리가 있다.

오 지구의 진리여! 나는 나의 길을 재촉하여 너를 향해
나아가자고 결심하였다.

너의 소리를 내라! 나는 너를 따라 산들을 오르거나,
바다에 뛰어들 것이다.

# 3

언어는 위대하다 — 언어는 학문 중에서 가장 강력하다.

언어는 대지의, 남자들과 여자들의, 또 모든 속성과 과
정들의 충만함이요, 색깔이요, 형태요, 다양성이다.

언어가 부보다 위대하다 — 언어가 건물들, 배들, 종교
들, 그림들, 음악보다 위대하다.

영어는 위대하다 — 어떤 말이 영어만큼 위대하랴?

영국 종족은 위대하다 — 어떤 종족이 영국인만큼 다
대한 운명을 지니고 있으랴?

영국인은 새로운 원칙으로 반드시 지구를 다스려야 하
는 종족의 어머니다.

그 새로운 원칙이 마치 영혼이 다스리듯, 영혼의 원칙

속에 들어있는 사랑, 정의, 평등으로 다스릴 것이다.

법은 위대하다 — 법의 그리 많지 않은 오래된 이정표들은 위대하다.

그 이정표들은 시대를 막론하고 똑같으며, 앞으로도 흐트러지지 않을 것이다.


# 4

정의는 위대하다!

정의는 입법자들과 법률에 따라 확정되지 않는다 — 정의는 영혼 속에 있다.

정의는 법규들에 따라 달라지지 않으며, 하물며 사랑, 긍지, 중력에 따라 달라질 수도 없다.

정의는 절대 변하지 않는다 — 정의는 다수결에 의존하지 않는다 — 다수든 아니든, 기필코 그 한결같이 냉철하고 정확한 법정에 나선다.

정의는 숭고한 자연의 법률가들이요, 완벽한 판사들이기에 — 정의는 그런 이들의 영혼들 속에 들어 있다.

정의는 잘 어우러진다 — 그 법관들은 헛되이 공부하

지 않았다 — 위대한 이들은 열등한 이들을 포용한다.

그들은 최고의 토대들에 근거해서 다스린다 — 그들이 모든 시대, 국가들, 정부들을 감독한다.


그 완벽한 재판관은 아무것도 두려워하지 않는다 — 그는 신 앞에 나가서도 똑바로 대면할 수 있다.

그 완벽한 재판관 앞에서는 모두가 물러설 것이다 — 삶과 죽음도 물러설 것이다 — 천국과 지옥도 물러설 것이다.


# 5


삶은 위대하다. 어디에서든 누구에게든, 진실하고 신비롭다.

죽음은 위대하다 — 삶이 모든 요소들을 단결시키듯이 확실하게,

죽음도 모든 요소들을 단결시킨다.


삶이 많은 의미를 지녔는가?—아, 죽음은 아주 엄청난 의미를 지녔다.

# 직업을 위한 노래

A Song For Occupations

## 1

직업을 위한 노래!

엔진을 다루는 일과 교역과 들일에서 나는 다양한 발전을 발견하고,

끊임없는 의미들을 찾는다.

남자 일꾼들과 여자 일꾼들이여!

온갖 실용적이고 장식적인 교육들이 나를 통해 완전하게 드러난다면, 그 값어치가 얼마나 될까?

내가 교장, 자선을 베푸는 경영자, 현명한 정치가라면, 그 값어치가 얼마나 될까?

내가 당신을 고용하고 당신에게 임금을 주는 상사라면, 당신을 만족시킬까?

박식하고, 고결하고, 자애로운 이들과 평범한 말씨,

나 같은 사람과 절대 평범하지 않은 말씨.

하인도 아니고 주인도 아닌 나,

나는 작은 대가는 물론이요 큰 대가도 기꺼이 받는다. 나는 나를 즐기는 사람이면 누구든 내 사람으로 삼을 것이다.

나는 당신과 동등할 것이며 당신은 나와 동등할 것이다.


만일 당신이 어느 가게에 서서 일하고 있으면 나도 같은 가게에서 최대한 가까이 서 있을 것이다.

만일 당신이 당신의 형제나 소중한 친구에게 선물을 준다면 나도 당신의 형제나 소중한 친구와 같은 선물을 달라고 요구할 것이다.

만일 당신의 애인, 남편, 아내가 낮 혹은 밤에 환영받는다면, 나도 개인적으로 꼭 환영받아야겠다.

만일 당신이 타락하고, 범죄자가 되고, 병들면, 그럼 나도 당신을 위해 그렇게 될 것이다.

당신은 당신의 어리석은 불법 행위들을 기억하는데, 나는 나 자신의 어리석은 불법 행위들을 기억하지 못하리라고 생각하는가?

만일 당신이 탁자에 앉아 술을 마시며 흥청거린다면 나도 그 탁자의 반대편에서 술을 마시며 흥청거릴 것이다.

만일 당신이 거리에서 어떤 낯선 사람을 만나 그 혹은 그녀를 사랑한다면, 그럼 나도 가끔 거리에서 낯선 사람들을 만나 그들을 사랑할 것이다.

그런데 당신은 그동안 당신 자신을 어떻게 생각했는가?
그럼 당신 자신을 열등하다고 생각했던 이가 당신인가?
대통령이 당신보다 위대하다고 생각했던 이가 당신인가?
아니면 부자들이 당신보다 잘 산다고? 아니면 교육받
은 사람이 당신보다 현명하다고?

(당신이 기름투성이 아니면 여드름투성이기 때문에,
아니면 한때 주정뱅이, 혹은 도둑이었기 때문에,
아니면 당신이 병들거나, 류머티즘에 걸리거나, 창녀라고,
아니면 경솔한 언동을 하거나 성교불능이라고, 아니면
당신이 학자도 아니고 인쇄물에 적힌 당신의 이름을 한
번도 보지 못했다고,
그냥 마지못해 당신은 스스로 좀 열등한 불멸의 존재
라고 받아들이는가?)

2

남자들과 여자들의 영혼들이여! 내가 부르는 이는 보
이지 않고, 들리지 않고, 만질 수 없고, 만져지지도 않는

당신들이 아니다.

내가 당신들을 두고 왈가왈부 따지며, 당신들이 살아있는지 아닌지를 결정하려는 것이 아니다.

나는 공개적으로 당신들의 정체를 인정한다, 나를 빼고 아무도 인정하지 않는다고 해도.


이 나라와 모든 나라, 집 안과 집 밖의 성인, 미숙한 청소년과 아기, 그리고 그들의 뒤를 잇거나 그들을 통해 생겨날

다른 모든 사람이 똑같이 동등하다고, 나는 생각한다.


아내, 그녀도 남편보다 조금도 못 하지 않은 사람이다.

딸, 그녀도 아들과 똑같이 훌륭하다.

어머니, 그녀도 모든 면에서 아버지에 못지않다.


무지하고 가난한 자손, 장사를 배우는 소년들,

농장들에서 일하는 젊은 친구들과 농장들에서 일하는 늙은 친구들,

선원들, 상인들, 연안 무역업자들, 이민자들,

이 모두를 나는 본다. 그러나 가까이서 보든 멀리서 보든 나는 똑같은 사람들을 본다.

아무도 나를 피하지 않을 것이며 아무도 나를 피하고

싶지 않을 것이다.

나는 당신이 많이 원하지만 늘 가지고 있는 것을 가져
다준다.

돈, 애인들, 옷, 먹을 것, 학식이 아니라, 그만큼 좋은
것이다.

나는 대리인이나 중개자를 보내지 않는다. 가치를 대변
하는 것을 제공하지 않고, 가치 자체를 제시한다.

지금 그리고 영원히 하나가 되는 무언가가 있다.

그것은 인쇄되거나, 설교 되거나, 토론되는 무엇이 아
니다. 그것은 토론과 인쇄를 피한다.

그것은 어떤 책에 기입될 수도 없다. 그것은 이 책 안
에도 없다.

그것은 당신이 누구든 당신을 위한 것이요, 당신의 청
각과 시각이 당신한테서 나오듯 그것도 당신으로부터 그
리 멀리 있지 않다.

그것은 아주 가깝고, 아주 흔하고, 늘 준비된 것으로 암
시된다. 그것은 그런 것들의 자극을 받아서 끊임없이 생
겨난다.

당신이 여러 언어로 읽을 수 있다고 하더라도, 그것에

대해서는 아무것도 읽지 못할 것이다.

당신이 대통령의 교훈을 읽을 수 있다고 하더라도 거기에 있는 그것에 대해서는 아무것도 읽지 못할 것이다.

국무부나 재무부의 보고서들, 혹은 일간지들이나 주간지들,

아니면 인구조사나 수익률, 시가, 아니면 주식 회계에도 전혀 들어 있지 않다.


# 3


열린 대기에 떠 있는 해와 별들,

사과-모양의 지구와 그 위에 있는 우리, 의심의 여지가 없이 이 모두의 표류는 웅장한 무엇이다.

나는 그게 뭔지 모른다, 그것이 웅장하다는 것, 또 그것이 행복이라는 것을 빼고는,

또 지금 우리의 포괄적인 목표가 어떤 추측이나 재담이나 재인식이 아니라는 것,

또 그것은 행운이 따르면 우리에게 다행일 수 있고, 운이 없으면 우리에게 실패일 수밖에 없는 무엇이 아니라는 것,

또 어떤 만일의 경우 철회될 수 있는 무엇이 아니라는 것을 빼고는.

빛과 그늘, 몸과 정체성의 특이한 감각, 아주 은근하게 모든 것들을 집어삼키는 탐욕,

인간의 끝없는 긍지와 포부, 이루 말할 수 없는 기쁨들과 슬픔들,

모든 사람이 만나는 다른 모든 사람한테서 발견하는 기적과 영원히 시간의 모든 순간순간을 채우는 기적들,

동무여, 당신은 무엇을 위해서 그것들을 생각했는가?

당신은 당신의 장사나 농사를 위해 그것들을 생각했는가? 아니면 당신 가게의 이익을 위해서?

아니면 당신 자신이 어떤 지위를 얻으려고? 아니면 신사의 여가, 혹은 숙녀의 여가를 채우려고?


당신은 그 풍경이 그림으로 그려질 만한 실체와 형태를 갖추었다고 생각했는가?

아니면 글로 쓸 만한 남자들과 여자들, 혹은 노래로 불릴 만한 노래들이라고?

아니면 중력과 공기의 위대한 법칙들과 조화로운 조합들과 유동성 같은, 학자들의 연구주제들이라고?

아니면 지도와 해도 제작에 적합한 갈색의 땅과 푸른 바다라고?

아니면 별자리에 포함하여 특이한 이름들을 붙여줄 만한 별들이라고?

아니면 농업 통계들이나, 농업 자체에 필요한 씨앗들의 성장이라고?

오래된 제도들, 각종 예술, 도서관들, 전설들, 수집품들, 그리고 제조업들에서 전수되는 숙련기술, 그런 것들을 앞으로도 우리가 아주 높게 평가할까?

우리가 앞으로도 우리의 현금과 사업을 높게 평가할까? 나 역시 이의를 제기하지 않는다.

나는 그것들을 최대한 높게 평가한다 — 그리고 여자와 남자의 몸에서 태어난 아이도 나는 모든 평가를 넘어서는 최고로 평가한다.

우리는 우리의 연방이 웅대하다고, 우리의 헌법이 위대하다고 생각했다.

나는 그것들이 웅대하고 훌륭하지 않다고 말하지 않는다, 그것들은 웅대하고 훌륭하기에.

나는 오늘도 당신과 똑같이 그것들을 몹시 사랑한다.

그리고 나는 당신과 지구 위에 있는 모든 나의 동무들을 사랑한다.

우리는 경전들과 종교들을 신성하다고 생각한다 — 나는 그것들이 신성하지 않다고 말하지 않는다.

나는 그것들이 모두 당신한테서 자라났고, 당신한테서 계속 자라날 수 있다고 말한다.

생명을 부여하는 이는 그것들이 아니다. 생명을 부여하는 이는 바로 당신이다.

이파리들이 나무들에서 떨어지지 않고, 나무들이 땅에서 떨어지지 않듯이, 그것들도 당신한테서 떨어지지 않는다.


# 4


당신이 누구든 나는 알려진 모든 공경을 합쳐서 당신 안에 더해놓는다.

대통령은 당신을 위해 백악관 그곳에 있다. 당신이 그를 위해 여기에 있는 것이 아니다.

장관들은 당신을 위해 각자의 부국에서 일한다. 당신이 그들을 위해 여기에 있는 것이 아니다.

의회는 당신을 위해 열두 번째-달마다 소집한다.

법들, 법원들, 합중국의 형성, 도시들의 헌장들, 상업과 우편물의 왕래, 모든 것이 당신을 위해 존재한다.


나의 귀한 제자들이여 귀담아들어 보라.

온갖 주의, 정치와 문명이 여러분으로부터 생겨 나온

다.

조각과 기념비들과 곳곳에 새겨진 모든 것이 여러분 안에 기록된다.

기록들이 가닿는 먼 과거 역사들과 통계들의 요지가 바로 지금 여러분 안에 들어 있고, 신화들과 설화들도 똑같이 들어 있다.

만약에 여러분이 여기서 숨을 쉬며 걸어 다니고 있지 않다면, 그것들이 모두 어디에 있겠는가?

아주 유명한 시들도 잿더미에 지나지 않을 것이요, 연설들과 연극들도 공허할 따름이리라.


모든 건축은 당신이 그것을 바라볼 때 당신이 그 건축에 가하는 행적이다.

(당신은 그 건축이 흰색이나 회색의 돌 속에 들어있다고 생각했는가? 아니면 일련의 아치들과 처마 돌림띠들이라고?)


모든 음악은 당신이 악기들에 의해 깨어날 때 당신한테서 생겨나는 가락이다.

음악은 바이올린과 코넷이 아니다. 음악은 오보에도 아니요 두드리는 북들도 아니다. 달콤한 노래를 부르는 바리톤 가수의 악보도 아니요, 남성합창의 악보도 아니요,

여성합창의 악보도 아니다.

음악은 그것들보다 더 가까이 있고 또 더 멀리 있다.


# 5


그렇다면 그 모두가 되살아날까?

저마다 거울 속에 비친 어떤 모습을 보고 최고의 표식들을 분간할 수 있을까? 거기에 더 위대하거나 더 풍요로운 것은 없을까?

거기에 모두가 당신과 함께, 보이지 않는 신비로운 영혼과 앉겠는가?


낯설고 어렵지만, 그 역설이 사실임을 내가 보증한다.

모든 대상들과 보이지 않는 영혼은 하나다.


집-짓기, 측량, 톱으로 널빤지 썰기,

대장간 일, 유리-불기, 못-만들기, 포장 수리, 양철-지붕 씌우기, 지붕널-입히기,

선박-건조, 부두-건설, 생선-말리기, 건널목지기들의 인도 판석 포장,

펌프, 말뚝-박는 기계, 대형 기중기, 석탄-가마와 벽

돌-가마,

탄광들과 그 아래 있는 모든 것, 어둠 속의 등불들, 메아리들, 노랫소리들, 얼룩진 얼굴들에 배어있는 온갖 묵상, 굉장하면서도 순박한 온갖 생각들,

철공소들, 산속이나 강둑 가에 피운 화덕들, 커다란 쇠-지렛대로 녹은 쇳물을 더듬거리는 주변의 사내들, 광석 덩어리들, 광석, 석회석, 석탄의 적절한 배합,

용광로와 연철로, 마침내 용해되어 바닥에 파이처럼 쌓인 쇳물, 압연기, 뭉툭한 선철 봉들, 강하고 미끈하게 생긴 철길용 평저-레일,

정유-공장, 생사-공장, 백연-공장, 제당-소, 증기-톱들, 대형 제분소들과 공장들,

돌-뜨기, 정면이나 창문이나 문-상인방에 맞추어 손질하기, 나무망치, 톱니-끌, 엄지 보호용 골무,

코킹[1]용의 죄는 정, 천장-접합제 가열 솥과 그 솥 밑의 불,

솜-뭉치, 하역 인부의 갈고리, 톱질꾼의 톱과 톱질 대, 주형공의 주형틀, 푸주한의 작업-칼, 얼음-톱과 얼음을 다루는 모든 일,

비계 설치자, 잡아서 거는 인부, 돛-제작자, 블록-제작

---

1    "코킹"은 보일러나 수조 따위를 리벳으로 이어 붙이거나, 재료의 이음매나 균열을 메우는 작업, 혹은 그런 일에 쓰이는 물건을 말한다.

자의 일과 연장들,

구타-페르카,[2] 종이 반죽, 염료, 붓, 붓질, 유약을 칠하는 직공의 도구들로 만들어지는 제품들,

베니어판과 아교-냄비, 제과점주의 장식들, 디캔터와 유리잔들, 털 깎는 큰 가위들과 인두,

송곳과 무릎-가죽 피대, 파인트 단위와 쿼트 단위,[3] 판매대와 등 없는 의자, 깃대 혹은 금속제 필기구, 온갖 종류의 날 선 도구들을 제작하는 일,

맥주 양조장, 양조, 맥아, 통들, 맥주 양조업자들, 포도주-제조자들, 식초-제조자들에 의해 이루어지는 모든 일,

가죽-손질, 마차-제작, 보일러-제작, 새끼-꼬기, 증류 작업, 간판-칠, 석회-하소, 목화-따기, 전기도금, 전기판 제작, 연판 작업,

통판-제작기, 이앙기, 수확기, 쟁기, 탈곡기, 증기 화차,

배달부의 수레, 허드레꾼, 묵직한 짐마차,

불꽃놀이, 한밤의 다채로운 폭죽 발사, 멋들어진 무늬들과 폭발,

정육점에 진열된 쇠고기, 푸주한의 도축장, 도축-복을 입은 푸주한,

---

2   "구타-페르카"는 동남아시아에서 야생하는 고무나무의 수액을 말린 물질로, 절연체, 치과 충전물, 골프공 등의 재료로 쓰인다.

3   "파인트"는 약 0.5리터, "쿼트"는 2파인트로 약 1리터이며, 우리나라의 '1근'처럼, 영국, 캐나다, 미국의 기준이 조금씩 다르다.

살아있는 돼지를 가둔 우리, 도축-망치, 돼지-갈고리, 열탕소독-통, 내장 제거, 절단용의 큰 식칼, 포장용의 큰 메, 그리고 겨울철에 많은 돼지고기 포장 작업,

제분-공장, 밀, 호밀, 옥수수, 쌀의 제분, 대형 통들과 중형과 소형 통들, 짐을 실은 바지선들, 부두와 제방들에 차곡차곡 높이 쌓여 있는 더미들,

연락선, 철도, 연안 무역선, 어선, 운하들에 있는 사람들과 그 사람들이 하는 일.

당신 자신이나 다른 사람의 삶, 상점, 구내, 창고, 혹은 공장에서 시시각각 벌어지는 일,

이런 일들이 모두 당신의 부근에서 밤낮으로 벌어진다 — 일꾼이여! 당신이 누구든, 당신의 일상생활이다!

그런 삶과 그 일들 속에 아주 묵직하고 중요한 의미가 배어있다 — 그 삶과 그 일들 속에는 당신이 예상했던 것보다 훨씬 많은 의미가 (훨씬 적은 의미 역시) 들어 있다.

그 안에는 당신과 나를 위한 현실들, 그 안에는 당신과 나를 위한 시들이 깃들어 있다.

그 안에 있는, 당신 자신뿐 아니라 — 당신과 당신의 영혼이 모든 일들을 에워싼다, 평가 가치에 상관없이.

그 안에는 상당한 발전이 들어 있다 — 그 안에는 온갖 주제들, 암시들, 가능성들이 배어있다.

나는 당신이 내다보는 미래가 헛되다고 주장하지 않는다. 나는 당신에게 그만 멈추라고 충고하지 않는다.

당신이 위대하다고 생각했던 선도적인 행위들이 위대하지 않다고 말하지 않는다.

그저 나는 그런 행위들보다 위대하게 이끄는 것은 아무것도 없다고 말할 따름이다.


# 6


당신도 멀리 찾아 나서 보겠는가? 당신은 틀림없이 결국에는 돌아올 것이다.

당신에게 가장 잘 알려진 일들에서 최고로 좋은 것, 아니면 최고에 버금가게 좋은 것을 발견하고,

당신과 아주 가까운 사람들한테서 아주 달콤하고, 아주 강하고, 아주 사랑스러운 것을 발견할 것이다.

다른 곳이 아니라 바로 이곳에서, 다른 시간이 아니라 바로 이 시간 동안, 행복, 지식을 발견할 것이다.

먼저 당신이 보거나 만지는 남자는 언제나 친구이자, 형제이자, 아주 가까운 이웃이요 — 여인은 어머니이자, 누이이자, 아내일 것이다.

대중의 취향과 사용 여부가 시를 비롯한 모든 글에서

우선권을 차지하듯이,

이 합중국의 여성 일꾼들과 남성 일꾼들, 바로 당신들
이 당신들만의 성스럽고 강력한 생명을 지니고 있기에,

그 밖의 다른 모든 것들이 당신들 같은 남자들과 여자
들에게 자리를 내줄 것이다.


가수 대신 찬송가가 노래할 때도,

설교자 대신 성서가 설교할 때도,

받쳐주는 단을 깎아 만든 조각가를 대신해서 설교단이
내려와 가 버릴 때도,

내가 밤이나 낮에 책들의 본문을 어루만질 수 있을 때
도, 그래서 그 책들이 보답으로 나의 몸을 다시 어루만질
때도,

대학의 강의가, 마치 졸음에 겨운 여자와 아이가 보채
듯, 설득할 때도,

금고에서 어렴풋이 비치는 금덩이가 야간 경비원의 딸
처럼 미소할 때도,

피보증인 증서들이 반대편 의자들에 널브러진 채 나의
다정한 동행들이 되어줄 때도,

나는 나의 손을 뻗어서 그것들을 붙잡고, 내가 여러분
같은 남자들과 여자들에게 그러하듯, 그것들을 애지중지
할 것이다.

# 기쁨의 노래
A Song Of Joys

오 정말 기쁨에 넘치는 노래를 만들자!
음악으로 가득 차고 — 남성, 여성, 아기로 가득 찬!
공동 직업들로 가득 차고 — 곡물과 나무들로 가득 찬.

오 동물들의 목소리들 — 오 물고기들의 민첩성과 균형!
오 뚝뚝 떨어지는 빗방울들을 노래에 담아!
오 햇살과 파도들의 동태를 노래에 담아서!

오 내 영혼의 기쁨이 — 우리에서 풀려나 — 번개처럼
엄습한다!
이 지구나 특정한 시간을 담는 것으로는 충분하지 않다.
나는 수천의 천체들과 모든 시간을 담을 것이다.

오 기사의 기쁨들! 기관차를 타고 가며!
식식대는 증기 소리, 삑삑 즐거운 비명, 기적소리, 칙칙
폭폭 웃는 기관차 소리 들으며!
불가항력으로 밀어붙이며 가속해서 아득히 사라지나니.

오 들판과 산비탈들을 한가로이 거니는 즐거운 산책!

흔하디흔한 잡초들의 이파리들과 꽃들, 숲의 촉촉하고 싱그러운 정적,

동틀 녘과 오전 내내 풍기는 대지의 강렬한 내음.


오 남성 기수와 여성 기수의 기쁨들!

안장, 질주, 안장을 누르는 압박, 쏴쏴 두 귀와 머리카락을 스쳐 가는 시원한 소리.


오, 소방관의 기쁨들!

나는 죽은 듯이 고요한 밤에 울리는 경보를 듣는다.

나는 종소리, 외치는 소리들을 듣는다! 나는 군중을 헤치고 지나간다. 나는 달린다!

나는 불길을 보고 반색하며 발광한다.


완벽한 몸 상태로, 넘치는 힘을 자각한 채, 상대와 맞붙기를 갈망하며, 격투기장에 우뚝 서 있는, 오 강력한-체력을 지닌 투사의 기쁨.


오로지 인간의 영혼만이 거침없고 무한한 홍수처럼 불러일으켜 내뿜을 수 있는, 오 저 방대한 원초적인 동정심의 기쁨.

오 어머니의 기쁨들!

보살핌, 인내, 귀한 사랑, 격통, 꾹꾹 견디며 내준 생명.


오 증식, 성장, 회복의 기쁨,

달래고 진정시키는 기쁨, 화합과 조화의 기쁨.


오 내가 태어난 곳으로 돌아가서,

다시 한번 새들의 노랫소리 들으며,

다시 한번 집과 헛간 주변과 들판을 두루 걷고,

다시 한번 과수원을 지나서 옛 오솔길들을 따라 거닌

다면.


오, 만, 석호, 하구, 또는 해안 근처에서 나고 자라,

거기서 일자리를 얻어서 나의 평생을 계속 산다면.

눅눅한 짠 내, 바닷가, 얕은 물에 드러난 해초들,

어부들의 일, 장어-잡이와 조개-잡이의 일.

나는 나의 조개-갈퀴와 삽을 들고 나간다. 나는 장어-

작살을 들고 나간다.

물이 빠졌다면? 나는 뻘밭에서 조개-캐는 무리에 낀다.

나는 그들과 함께 웃으며 일한다. 나는 나의 일을 하면

서 기운찬 젊은이답게 농을 친다.

겨울이 오면 나는 나의 장어-바구니와 장어-작살을 들고 언 뻘밭을 밟으며 돌아다닌다 — 나는 언 펄을 갈라서 구멍을 내는 작은 도끼도 하나 챙겨 간다.

보라 걸맞게-차려입고 즐겁게 나갔다가 오후에 돌아오는 나의 모습, 나랑 함께 다니는 억센 청년 동료들,

나의 성숙하고 미숙한 청년 동료들, 그들은 다른 누구와도 함께 있고 싶지 않을 만큼 나랑 함께 있는 것을 좋아해서,

낮에는 나와 함께 일하고, 밤에는 나와 함께 잠을 잔다.


날씨가 따뜻하면 어떨 때는 배를 타고 나간다, 묵직한 돌들을 달아서 가라앉힌 바닷가재-통발들을 들어 올리러. (나는 그 부표들을 알아본다.)

해가 뜨기 직전에 내가 그 부표들을 향해 노를 저어 갈 때면 오, 바닷물에 깃드는 다섯 번째-달 아침 해의 아름다움이여,

나는 고리버들 통발들을 비스듬히 당겨 올린다. 내가 붙잡아서 꺼낼 때면 짙은 녹색의 바닷가재들이 집게발들을 놀리며 필사적이다. 나는 그놈들의 집게발 접합 부위에 나무 꼬챙이들을 꽂는다.

나는 통발을 놓은 자리들을 차근차근 모두 보고 나서, 노를 저어 해변으로 돌아온다.

거기에 도착하면 물이 팔팔 끓는 커다란 솥 안에서 바닷가재들이 진홍색으로 변할 때까지 삶아질 것이다.


어떨 때는 고등어-잡이를 한다.

탐욕스러워서, 수면 가까이 떠올라, 미친 듯이 바늘을 물어대는 고등어들이 수 마일의 바다를 가득 채우고 있는 것 같다.

어떨 때는 체서피크만에서 볼락 낚시를 한다. 나는 갈색-얼굴의 선원들 중 한 명이다.

어떨 때는 포마노크 앞바다에서 전갱이-잡이 그물을 끈다. 나는 몸에 단단히 힘을 주고 버틴다.

나의 왼발을 뱃전에 얹고, 나의 오른팔로 돌돌 말려 있는 가느다란 밧줄을 멀리멀리 내던진다.

나의 주변에서 50척의 작은 배들, 나의 동료들이 잽싸게 방향을 틀어서 쏜살같이 나아가는 모습이 보인다.


오 강들에서 작은 배로 하는 운송업,

세인트로렌스강을 따라 내려가는 항해, 장려한 풍경, 기선들,

항해하는 배들, 사우전드 제도,[1] 간간이 보이는 목재-

---

1    "사우전드 제도"(Thousand Islands)는 온타리오호(캐나다 남부)의 북쪽 끝에서 하류의 세인트로렌스강에 걸쳐있는 1,800여 개의 섬으로 이루어진

뗏목과 길게-뻗은 큰 노들을 젓는 뗏목꾼들,

그 뗏목들 위에 있는 작은 오두막들, 그리고 뗏목꾼들
이 저녁에 저녁 끼니를 요리할 때 피어나는 연기.


(오 치명적이고 두려운 무엇!

보잘것없고 위선적인 삶과는 거리가 먼 무엇!

증명되지 않은 무엇! 무아지경의 무엇!

정박지에서 벗어나 자유롭게 돌진하는 무엇.)


오 광산에서 일하거나, 쇠를 벼리는 작업,

주조공장의 주물 작업, 주조공장 자체, 날림으로 지어
진 높은 지붕, 널찍하고 그늘진 공간,

용광로, 쏟아져서 흐르는 뜨거운 액체.


오 군인의 기쁨들을 다시 느껴봤으면!

용감한 지휘관의 존재를 느끼고 ─ 그의 연민을 느끼고!

그의 침착한 모습을 바라보고 ─ 그의 환한 미소에 따
뜻해지고!

전투에 나가서 ─ 울리는 나팔 소리와 두드리는 북소
리를 듣고!

폭발하는 대포 소리를 듣고 ─ 햇살에 반짝거리는 총

---

제도.

검들과 장총-총열들을 보고!

쓰러져 죽어가면서도 우는소리 하지 않는 병사들을 보고!

피의 야만적인 맛을 맛보고 — 몹시 포악해지고!

적들의 상처들과 주검들을 보고 몹시 고소해하는 기쁨을.


오 고래잡이의 기쁨들! 오 나는 다시 나의 정든 포경선을 타고 순항한다!

나는 내 발밑에 있는 배의 동태를 느낀다. 나는 나를 부채질하는 대서양의 산들바람을 느낀다.

나는 돛대-꼭대기에서 밑으로 외치는 소리를 다시 듣는다. 저기 — 고래가 물을 내뿜는다!

다시 나는 삭구를 잡고 솟구쳐서 다른 선원들과 함께 살펴본다 — 우리는 흥분하여 미친 듯이 내려간다.

나는 내려진 작은 배에 펄쩍 올라탄다. 우리는 우리의 먹잇감, 고래가 있는 곳을 향해 노를 저어간다.

우리는 살며시 조용히 다가간다. 나는 느른하게, 볕을 쬐고 있는, 그 산더미 같은 덩치를 본다.

나는 일어서는 작살잡이를 본다. 나는 그 무기가 그의 강력한 팔에서 쏜살같이 날아가는 모습을 본다.

오 다시 잽싸게 대양 밖으로 멀리 나간 상처 입은 고래가 멈칫하다가, 바람이 불어오는 쪽으로 내달리며, 나를 끌고 간다.

다시 나는 숨을 쉬려고 떠오르는 고래를 본다. 우리는 다시 노를 저어 다가간다.

나는 긴 창이 고래의 측면을 꿰뚫고, 깊이 박혀서, 내상을 입힌 광경을 본다.

다시 우리가 뒤로 물러난다. 나는 다시 멈추는 고래를 본다. 목숨이 빠르게 그 고래를 떠나고 있다.

고래가 솟구치며 피를 내뿜는다. 나는 잽싸게 물을 가르며, 점점 좁아지는 원을 그리며 돌고 도는 고래를 본다 — 나는 죽어가는 고래를 본다.

고래가 그 원의 중심에서 경련을 일으키며 한 번 크게 솟구쳤다가, 거꾸러져서 피투성이의 거품 속에 정지해 있다.


오 나의 노년기, 나의 가장 고결한 기쁨!

나의 자식들과 손자들, 나의 하얀 머리칼과 수염,

내가 길게 살아오면서 체득한 나의 도량, 차분함, 위엄.


오 여성의 무르익은 기쁨! 오 마침내 얻은 행복!

나는 80살이 넘었다. 나는 아주 공경받는 어머니,

나의 정신이 어찌나 맑은지 — 모든 사람이 어찌나 나에게 달려드는지!

예전에 없었던 이런 것들이 무슨 매력이라고? 청춘의 꽃보다도 풍성한 꽃이 웬 말인가?

갑자기 내 몸을 덮쳐 나에게서 피어나는 이 아름다움
은 대체 뭐란 말인가?


오 웅변가의 기쁨들!
가슴을 부풀려, 갈비뼈와 목구멍에서 천둥 같은 목소리
를 울려 퍼뜨리고,
사람들이 자기와 함께 분노하고, 울고, 증오하고, 갈망
하게 만들고,
아메리카를 이끌고 ― 위대한 말로 아메리카를 진정시
키는 기쁨들.


균형을 잡은 채 자기 자신에 기대어, 물질들을 통해 정
체성을 얻고 그것들을 사랑하며, 성품들을 관찰하고 그것
들을 흡수하는, 오 내 영혼의 기쁨,
시력, 청력, 촉각, 이성, 언어표현, 비교, 기억 같은 것들
에 전율하며 나에게 돌아오는 나의 영혼,
나의 오감과 몸을 초월하는 나의 오감과 몸의 실체,
물질들을 떠난 나의 몸, 나의 물질적인 눈을 떠난 나의
시력이
오늘 나에게 반박의 여지가 없이 증명해준 것은, 최종
적으로 보는 것은 나의 물질적인 눈이 아니요,
최종적으로 사랑하고, 걷고, 웃고, 소리치고, 껴안고, 낳

는 것은 나의 물질적인 몸이 아니라는 것이다.


오 농부의 기쁨들!

오하이오 농부, 일리노이 농부, 위스콘신 농부, 캐나다 농부, 아이오와 농부, 캔자스 농부, 미주리 농부, 오리건 농부의 기쁨들!

어슴새벽에 일어나 날렵하게 일하러 나가는 기쁨,

겨울-파종 작물을 심으려고 가을에 땅을 가는 기쁨,

옥수수를 심으려고 봄에 땅을 가는 기쁨,

과수원을 가꾸고, 나무들을 접붙이고, 가을에 사과를 수확하는 기쁨.


실내 수영장이나, 바닷가의 멋진 장소에서, 오 목욕하는 기쁨,

물을 철벅거리는 기쁨! 물에 발목까지 담그고 걸어가거나, 벌거벗고 해변 따라 경주하는 기쁨.


오 우주를 실감하는 기쁨!

한없는 만물의 풍요로움,

나가서 하늘이 되고, 해와 달과 흘러가는 구름이 되고, 그것들과 어우러져 하나가 되는 기쁨.

오 사내다운 자부심의 기쁨!

그 누구에게도 굽실거리지 않고, 그 누구도 쫓지 않고, 알려지거나 알려지지 않은 어떤 압제자에게도 굴하지 않은 채,

꼿꼿한 자세, 생기 넘치고 탄력 있는 발걸음으로 나아가고,

침착한 시선으로 아니면 번득이는 눈으로 바라보고,

널찍한 가슴에서 나오는 풍성하고 낭랑한 목소리로 말하고,

특유의 인성으로 대지의 다른 모든 인격체와 대면하는 기쁨.


그대는 청춘의 탁월한 기쁨들을 아는가?

소중한 동무들과 명랑한 말과 웃는 얼굴의 기쁨들을?

반가운 빛을 비추는 낮의 기쁨, 심호흡하는 승부들의 기쁨을?

달콤한 음악의 기쁨, 조명이 켜진 무도장과 춤꾼들의 기쁨을?

풍성한 저녁 식사, 거나한 술판과 음주의 기쁨을?


그러나 오 나의 영혼이 최고의 기쁨!

그대는 수심 어린 생각의 기쁨들을 아는가?

한가하면서도 허전한 마음, 연약한 마음, 울적한 마음
의 기쁨을?

고독한 산책, 풀이 죽었으나 당당한 영혼, 고통과 분투
의 기쁨을?

밤이든 낮이든 엄숙한 묵상들의 격렬한 고투, 무아경,
기쁨들을?

죽음에 관한 생각, 시간과 공간 그 위대한 영역들에 관
한 생각의 기쁨들을?

더 낮고, 더 고귀한 사랑의 이상들, 신이 내려주신 아
내, 정답고, 영원하고, 완벽한 동지를 예언하는 기쁨들을?

그대 죽지 않는 자의 온갖 기쁨들, 오 영혼 그대에게
합당한 기쁨들이여.


오 내가 살아가는 동안, 노예가 아니라, 삶의 지배자가
되어,

강력한 정복자의 삶을 만나서,

어떤 울화, 어떤 권태, 더 이상의 어떤 불평이나 경멸적
인 비판도,

공기, 물과 땅의 당당한 법칙들에 따라 사는 내 안의
영혼을 공격할 수 없고,

외부의 그 무엇도 결코 나를 지배하지 못하리라는 것
을 증명하는 기쁨.

삶의 기쁨들을 위해서만이 아니라, 반복하건대 — 죽음의 기쁨을 위해서도 나는 노래한다!

죽음의 아름다운 손길, 달래며 마비시키는 잠깐의 순간들, 여러 가지 이유로,

나의 배설물 같은 몸을 불태우거나, 가루로 만들거나, 파묻어서 방면하는 나 자신,

의심의 여지 없이 나에게 남겨져서 다른 영역들로 떠날 나의 진짜 몸,

나에게 더 이상 아무 의미도 없는 나의 빈 몸, 다시 흙으로 돌아가 정화되어, 대지의 더 많은 일에 영원히 쓰일 몸의 기쁨.


오 매력보다 더 매혹하는 기쁨!

어떻게 그러는지 나는 모른다 — 그러나 보라! 다른 어떤 것에도 복종하지 않는 대단한 기쁨이 있다.

그것은, 절대 방어적이지 않고, 공격적이다 — 그런데도 어찌나 자석처럼 잘도 끌어당기는지.


오 큰 역경들에 맞서 투쟁하는 기쁨, 담대히 적들에 대항하는 기쁨!

완전히 홀몸으로 적들과 함께 있는 기쁨, 혼자서 얼마

나 많이 버틸 수 있는지를 발견하는 기쁨!

투쟁, 고문, 감옥, 남들의 증오를 직시하는 기쁨!

처형대에 오르고, 총들의 주둥이들을 향해 태연자약하
게 나아가는 기쁨!

정말로 어떤 신이 되는 기쁨!


오 배를 타고 바다를 항해하는 기쁨!

이 견딜 수 없이 안정된 육지를 떠나,

지루하리만큼 똑같은 거리들, 인도들과 집들을 떠나,

오 너 움직이지 않고 단단한 육지를 떠나서, 배를 타고
항해하고 또 항해하고 또 항해하는 기쁨!


오 이제부터 누릴 삶은 새로운 기쁨들의 시!

춤추고, 박수하고, 기뻐 날뛰고, 소리치고, 깡충거리고,
펄쩍거리고, 굽이치며, 계속 떠다니는 기쁨!

모든 항구로 향하는 세상의 한 선원,

배 자체, (보라 정녕 나는 이 돛들을 태양과 대기를 향
해 펼치나니)

풍성한 말들로 가득 차고, 기쁨들로 가득 차서 부풀어
오르는 재빠른 배가 되는 기쁨.

# 인도로 가는 길

Passage To India

## 1

나의 날들을 노래하고,

현재의 위대한 업적들을 노래하며,

기술자들의 강하고 수월한 공사들,

우리 현대의 불가사의들, (고대의 육중한 7대 불가사의를 능가한[1])

구세계 동쪽에는 수에즈 운하,[2]

신세계에서 이어진 장대한 철도,[3]

해저에 깔려 잠잠하게 웅변적인 케이블[4]을 노래하면서

---

1   고대의 세계 7대 불가사의는 이집트 피라미드, 바빌론의 공중정원, 올림 피아의 제우스 신상, 에페소스의 아르테미스 신전, 할리카르나소스의 마 우솔레움(무덤 기념물), 그리스 로도스섬의 청동 거상, 알렉산드리아의 등 대로, 이중 현존하는 것은 이집트 피라미드뿐이다.

2   지중해와 홍해를 연결하는 수에즈 운하는 1859년 4월에 건설되기 시작하 여, 1869년 11월에 개통되었다.

3   1862년에 유니언 퍼시픽 회사와 센트럴 퍼시픽 회사가 설립되어, 전자 는 네브래스카주의 오마하에서 서쪽으로, 후자는 캘리포니아주의 새크 라멘토에서 동쪽으로 철도 공사를 해 나간 끝에, 남북 전쟁 종전 4년 후인 1869년 5월 10일에 유타주의 프로몬토리 포인트에서 두 철도가 만나 최 초의 대륙 횡단 철도가 완성되었다.

4   1866년에 완성된 대서양 해저 케이블을 말한다.

도,

오 영혼이여 그대와 함께 가장 먼저 외치고, 하염없이
외치는 소리는

과거! 과거! 과거!


과거 — 그 어둡고 헤아릴 수 없는 회고!

그 충만한 심연 — 잠든 이들과 환영들!

과거 — 그 과거의 무한한 위대함!

현재란 결국은 과거에서 비롯된 어떤 성장 아닌가?

(마치 형태가 만들어져서 추진된 발사체가 일정한 방
향으로 계속 나아가듯,

현재 역시, 과거에 의해 완전하게 형성되어, 추진되었
기에.)



2


오 영혼이여 인도로 가자!

아시아의 신화들, 원시의 우화들을 밝히자.


너희 세상의 자랑스러운 진리들뿐만 아니라,

너희 현대 과학의 사실들뿐만 아니라,

옛날의 신화들과 우화들, 아시아의 우화들, 아프리카의 우화들,

정신의 아득히-날아가는 빛줄기들, 느슨히 풀려난 꿈들, 깊이 파고드는 경서들과 전설들,

시인들의 담대한 구상들, 아주 오래된 종교들,

떠오르는 햇살을 담뿍 받은 백합들보다 아름다운 오 너희 사원들!

알려진 것들을 차버리고, 알려진 것들의 손아귀를 피해서, 하늘로 올라가는 오 너희 우화들!

장미꽃처럼 붉고, 금빛으로 번지르르하게, 뾰족뾰족 솟아난 너희 높고 눈부신 탑들!

필멸의 꿈들에서 빚어진 불멸의 우화들이 깃들어 있는 탑들!

너희 역시 그 나머지와 똑같이 나는 전적으로 환영한다!

너희 역시 기쁘게 나는 노래한다.


인도로 가는 길!

보라, 영혼이여, 너에게는 신의 태초 목적이 보이지 않느냐?

지구를 그물조직으로 묶어, 연결하고,

인종들, 이웃들을, 결혼시켜 결혼을 통해 퍼뜨리고,

대양들을 건너게 해서, 먼 거리를 가깝게 만들고,
육지들을 서로 결합하라는 것이다.


어떤 새로운 숭배를 나는 노래한다,
너희 선장들, 항해자들, 탐험가들, 너희가 숭배하는 것들,
너희 기술자들, 너희 건축가들, 너희 기계공들, 너희가
숭배하는 것들,
너희, 무역 혹은 운송을 위해서만이 아니라,
신의 이름으로, 또 오 영혼 그대를 위해서.


## 3


인도로 가는 길!
보라 영혼이여 그대를 위해 극적인 장면들이 두 번이
나 연출되었다.
나는 한 장면에서 착수되어, 개통된 수에즈 운하를 본다.
나는 증기선들의 행렬, 유제니 황후[5]가 선단을 이끄는
광경을 본다.
나는 갑판 위에서 그 낯선 풍경, 맑은 하늘, 아득한 모

---

5    나폴레옹 3세의 비 유제니 황후(프랑스 황후, 1853~1871)가 수에즈 운
     하 개통식 행사에서 '독수리 호'를 타고 선단을 이끌었다.

래벌판을 주시한다.

나는 그 그림 같은 무리, 모여 있는 일꾼들,

그 거대한 준설기들을 휙휙 지나친다.


한 장면에서 다시, 다르지만, (그대의 것, 오 영혼이여,
모두 그대의 것이기에, 똑같은 장면에서)

나는 나의 대륙에 깔려 모든 장벽을 이겨낸 퍼시픽 철
도[6]를 본다.

나는 화물과 승객들을 싣고 플래트강을 따라 구불구불
나아가는 끊임없는 열차들을 본다.

나는 굉음을 내며 질주하는 기관차들의 소리와 날카로
운 기적소리를 듣는다.

나는 세상에서 가장 웅장한 풍경에 두루 울려 퍼지는
메아리들을 듣는다.

나는 라라미 평원을 가로지른다. 나는 기괴한 모양의
바위들, 우뚝 솟은 고립된 산들을 본다.

나는 풍부한 미나리아재비와 달래, 황량하고, 흐릿하
고, 엄숙한-사막을 본다.

나는 멀리서 어렴풋이 보이거나 바로 내 위로 우뚝 솟

---

6   미국의 대륙횡단철도를 말한다. 이후에 언급되는 평원, 사막, 강, 산맥 등
    은 이 철도의 노선 주변에 있는 지명들이자 풍경들로, 따로 설명을 붙이지
    않았다.

은 거대한 산들을 본다. 나는 윈드리버와 워새치 산맥을
본다.

나는 모뉴먼트 산과 이글스 네스트를 본다. 나는 프로
몬토리를 지나간다. 나는 네바다 산맥을 올라간다.

나는 고결한 엘크 산을 훑어보고 그 산기슭을 돌아간다.

나는 훔볼트 산맥을 본다. 나는 그 골짜기를 요리조리
빠져나가 강을 건너간다.

나는 타호호수의 맑은 물을 본다. 나는 웅장한 소나무
숲을 본다.

또한 대 사막, 그 알칼리성의 평원을 가로지르며, 나는
물과 초원의 매혹적인 신기루를 바라본다.

이런 곳들을 두루 주시하며 나아가서 결국, 두 개의 똑
같은 가느다란 선로로,

3천~4천 마일의 육로를 형성하여,

동쪽 바다를 서쪽 바다에 묶고,

유럽과 아시아 사이의 길을 연결한다.


(아 제노바 사람[7] 그대의 꿈! 그대의 꿈!

그대가 그대의 무덤에 묻힌 지 수 세기가 지난 지금,

그대가 발견했던 해변이 그대의 꿈을 실증하고 있다.)

---

7    크리스토퍼 콜럼버스(1451~1506)를 가리킨다.

# 4

인도로 가는 길!

수많은 선장들의 숱한 고투, 수없이 죽은 선원들의 이야기들이

불현듯 나의 기분에 젖어 들어 두루 퍼진다,

마치 닿을 길 없는 하늘에 떠 있는 구름과 구름 조각들처럼.


모든 역사를 따라, 비탈들을 따라서,

흘러가다가, 때로는 푹 가라앉고, 때로는 다시 수면으로 솟구치는 개울처럼,

끊임없는 생각이 다채로운 열차처럼 — 보라, 영혼이여, 그대에게, 그대의 시야에, 떠오른다,

계획들, 다시 시작된 항해들, 탐험들이.

다시 바스코 다 가마[8]가 출항한다.

다시 지식이 획득되었다. 뱃사람의 나침반,

육지가 발견되고 나라들이 태어났다. 그대 아메리카가 태어났다.

대단한 목표를 향한 사나이의 긴 시련이 끝났다.

---

8    바스코 다 가마(1469~1524)는 유럽에서 아프리카를 돌아가는 인도항로의 개척자.

그대가 세상의 일주를 드디어 완수하였다.


# 5


눈에 보이는 힘과 아름다움으로 온통 뒤덮인 채,

빛과 낮에 이어 쏟아지는 영적인 어둠과 함께,

하늘에서는 해와 달과 무수한 별들의 형언할 수 없이
숭고한 행렬들,

땅에서는 온갖 풀과 물, 동물들, 산들, 나무들과 더불
어,

불가해한 목적, 어떤 숨겨진 예언의 계획을 품고서

우주에서 헤엄치는, 오 방대한 구체여,

이제야 내 생각이 그대에게 미치기 시작하는 듯하다.


아시아의 정원에서 내려오며 빛을 내뿜는

아담과 이브가 나타난다.[9] 그리고 그들의 무수한 자손
이 뒤따라 나타나서,

방랑하고, 동경하고, 호기심에 쉼 없이 탐험하고,

의구심에 당황하고, 흐리멍덩하고, 흥분하고, 결코-행
복하지 않은 마음에

---

9    원죄를 짓고 낙원에서 쫓겨나는 아담과 이브를 연상시키는 표현이다.

끊임없이 저 구슬픈 후렴을 반복한다. 무엇 때문에 불만스러운 영혼인가? 또 오 조롱하는 삶의 끝은 어딘가?

아 누가 이렇게 흥분한 자식들을 달래 주랴?
누가 이 불안한 탐험들을 옹호해 주랴?
누가 무감한 지구의 비밀을 말해주랴?
누가 지구를 우리에게 묶어주랴? 너무나 부자연스러운 이 이질적인 자연은 뭔가?
이 지구가 우리의 애정들과 무슨 관계가 있나? (사랑하지 않는 지구, 우리의 두근거리는 가슴에 응답하는 맥동 한번 없는
차가운 지구, 무덤들의 장소가.)

그러나 영혼이여 믿음을 가져라. 태초의 목적이 남아있으니, 이루어질 것이다.
어쩌면 바로 지금 때가 도래했는지도 모른다.

바다들을 모두 횡단하고 나면, (이미 다 횡단한 듯하지만)
위대한 선장들과 기술자들이 각자의 과업을 끝내고 나면,
고귀한 발명가들이 일을 끝내고, 과학자들, 화학자, 지질학자, 민족학자가 각자의 일을 끝내고 나면,
마침내 시인이 나타날 것이다. 그 이름에 걸맞은

신의 진정한 아들이 자신의 노래들을 부르며 나타날 것이다.


그때가 되면 오 항해자들이여, 오 과학자들과 발명가들이여, 너희의 행위들이 정당화될 뿐 아니라,

조바심치는 아이들 같은 이 가슴들도 모두 누그러질 것이다.

모든 애정도 충분하게 응답받을 것이요, 비밀도 알려질 것이다.

이 분열된 곳들과 갈라진 틈들도 모두 채워지고 서로 걸려서 연결될 것이다.

이 지구 전체, 이 차갑고, 무감하고, 소리 없는 지구에 대한 오해도 완전하게 해명될 것이다.

신의 진정한 자식, 그 시인에 의해 거룩한 삼위일체가 영광스럽게 성취되어 단단하게 다져질 것이다.

(그 시인이 진정으로 해협들을 지나고 산들을 정복할 것이다.

그가 희망봉을 돌아서 성공적으로 회항할 것이다.)

자연과 인간이 더 이상 단절되어 흩어지지 않을 것이다.

신의 진정한 자식이 그 둘을 완전하게 융합시킬 것이다.

# 6

활짝-열린 새해의 문 앞에서 나는 노래한다!

목적이 달성된 해!

대륙들, 기후와 대양들이 결혼한 해!

(이제는 베니스의 총독만 아드리아해와 결혼하는 게 아니다.[10])

나는 오 새해여 네 안에서 모든 것을 주고받는 거대한 수륙의 지구를 본다.

유럽이 아시아, 아프리카와 결합 되고, 그 대륙들이 신세계와 결합 되어,

그 땅들, 지형지물들이, 마치 손에 손을 잡은 신부들과 신랑들처럼,

축제의 화환을 들고, 네 앞에서 춤을 춘다.


인도로 가는 길!

아득한 코카서스에서 불어오는 시원한 바람, 인간을 달래 주는 요람,

유프라테스강[11]이 흘러가고, 과거가 다시 밝아진다.

---

10   베스니 공화국의 전성기에 총독이 아드리아해에 반지를 던져서 도시와
     바다를 결혼시키는 행사를 주관하곤 하였다.
11   유프라테스강은 전통적으로 서양 문명의 요람으로 간주 되며, 노아의 홍
     수와 연관된 강으로 추정된다.

보라 영혼이여, 회상이 불러낸

지구의 육지 중에서 오래되고, 인구가 아주 많고, 아주
넉넉한 땅,

인더스와 갠지스의 강물들과 그 강들의 수많은 지류들,

(나는 오늘 걸어가는 아메리카의 내 해변들을 바라보
며, 모두를 다시 떠올린다.)

원정길에 급사한 알렉산더의 이야기,

한쪽에는 중국 그리고 다른 쪽에는 페르시아와 아라비아,

남쪽에는 대해와 벵골만,

도도한 문학 작품들, 대단한 서사시들, 종교들, 카스트
제도,

끝없이 머나먼 과거의 불가사의 브라흐마, 여린 소년
부처,

중부와 남부 제국들과 그 나라들의 온갖 재산, 소유자들,

티메를란[12]의 전쟁들, 아우랑제브[13]의 치세,

상인들, 통치자들, 탐험가들, 회교도들, 베니스 사람들,
비잔티움 사람들, 아랍인들, 포르투갈 사람들,

여전히 유명한 최초의 여행자들, 마르코 폴로, 무어 사

---

12  티메를란, 혹은 티무르(1333?~1405)는 아시아의 서반부를 정복하여 사
    마르칸트에 도읍을 정하고 세계 통일의 대업을 기도한 몽골의 정복자.

13  아우랑제브(1618~1707)는 인도 무굴 제국의 황제(1658~1707).

람 바투타,

해소되어야 할 의문들, 미지의 지도, 채워져야 할 여백들,

멈추지 않는 인간의 발, 절대 쉬지 않는 손,

어떤 도전도 용납하는 오 영혼 그대 자신.


중세의 항해자들이 내 앞에 떠오른다.

1492년의 세계, 그 세계가 일깨운 모험심에,

인류의 마음속에서 지금도 무언가가 마치 봄날 땅의 수액처럼,

저물어가는 기사도의 화려한 저녁놀처럼 부풀어 오른다.


그런데 슬픈 유령 같은 그대는 누군가?

거대한 환영 같은, 그대 자신은 환상가,

위풍당당한 팔다리와 경건하게 빛나는 눈,

그대의 온갖 모습으로 금빛 세상을 펼쳐서

화려한 색조들로 그 세상을 채색한다.


최고의 배우로서,

위대한 장면들에서 다른 배우들을 압도하고

각광받으며 걷는 제독[14] 본인의 모습을 나는 본다.

---

14  "제독"은 콜럼버스를 가리키며, 앞에서 언급된 "1492년의 세계"가 배우
    콜럼버스의 무대였다고 하겠다. "팔로스"는 스페인 서남부의 소도시 항구

(역사에 남은 용기, 실행, 신념의 유형)

그가 작은 함대를 이끌고 팔로스에서 출항하는 모습을 보라.

그의 항해, 그의 귀환, 그의 위대한 명성,

그의 역경들, 모략중상자들을 보라. 죄수가 되어 사슬에 묶인 모습을 보라.

그의 실의, 가난, 죽음을 보라.


(궁금한 마음으로 시간 속에 나는 서서, 영웅들의 노력들을 주목한다.

오래 지연되고 있는가? 너무 억울한 모략, 가난, 죽음인가?

씨앗이 외면받은 채 수 세기 동안이나 땅속에 묻혀 있는가? 보라, 신의 섭리에 따라 때가 되면,

밤중에 발아한 그 씨앗이 싹을 틔우고, 꽃을 피워,

향기와 아름다움으로 대지를 가득 채울 것이다.)


# 7


정녕 오 영혼이여 원시의 사고로 나아가라.

---

로, 콜럼버스가 아메리카 신대륙을 발견하게 되는 항해의 출발지.

육지와 바다뿐 아니라, 그대 자신의 팔팔한 생기,

미숙하고 성숙한 새끼들과 꽃들까지,

발아하는 경서들의 영토들로 데려가라.


오 영혼이여, 억압 없이, 나는 그대와 함께 그대는 나와
함께,

그대의 세계 일주 항해를 시작하자.

인간의, 인간 마음의 회귀 항해,

이성의 태초 낙원으로,

돌아가자. 지혜의 탄생지, 순수한 직관들로 돌아가서,

다시 아름다운 창조를 시작하자.



# 8


오 우리는 더 이상 기다릴 수 없다.

우리도 배를 타자 오 영혼이여,

즐겁게 우리도 길 없는 바다로 출항하자.

두려움 없이 황홀한 물결을 타고 미지의 해안들을 찾
아가자

살랑살랑 부는 바람 속에서 (그대는 나를 꼭 껴안고,
나는 그대를 꼭 껴안은 채, 오 영혼이여)

자유롭게 노래하며, 우리의 신을 찬송하고
우리의 즐거운 탐험에 대한 환희의 노래를 부르면서.


웃음과 수많은 키스로,
(남들이야 헐뜯든 말든, 남들이야 죄, 회한, 굴욕감에
울든 말든)
오 영혼이여 그대는 나를, 나는 그대를 기쁘게 하자.


아 어떤 사제보다도 오 영혼이여 우리 역시 신을 굳게
믿는다.
그러나 신의 신비를 두고 우리는 감히 장난치지 않는다.


오 영혼이여 그대는 나를, 나는 그대를 기쁘게 하나니,
이 바다들 아니면 저 언덕들에서 나아가거나, 밤에 걸
어가는 사이에도
시간과 공간과 죽음에 관한 생각들, 고요한 생각들이,
흘러가는 물처럼,
정말로 나를 싣고 무한한 영역들을 헤치고 나아가나니,
내가 들이쉬는 그 공기, 들려오는 그 잔물결로, 나의 온
몸을 씻어다오.
오 신이시여 내가 당신 안에서 멱을 감게 하소서. 당신
의 몸에 올라타서,

나와 나의 영혼이 당신의 방목장에서 돌아다니게 해주소서.


오 당신은 초월자,

형언할 수 없는 섬유이자 숨결,

빛 중의 빛, 온 우주를 내뿜는 당신은 그 우주들의 중심,

당신은 진리, 선, 사랑으로 충만한 아주 강력한 중심,

당신은 도의, 정신의 샘 — 애정의 원천이요 — 당신은 저수지,

(오 나의 수심 어린 영혼이여 — 오 만족하지 못하는 갈증이여 — 거기서 기다리지 않겠는가?

그곳 어딘가에서 혹시 그 완벽한 동지가 우리를 기다리지 않겠는가?)

당신은 맥동 — 당신은 별들, 태양들, 우주 체계들의 동인,

그렇기에, 빙빙 돌면서도, 무형의 광대한 우주 공간을 가로질러

질서 있게, 안전하게, 조화롭게 움직이나니,

혹시라도 내가, 나 자신을 떠나, 저 드높은 우주들에 닿을 수 없다면,

나는 어떻게 생각해야 하나, 단 한 번의 숨이라도 어떻게 쉬고, 어떻게 말하나?

금시에 나는 오그라든다, 신을 생각하면,

자연과 자연의 경이로운 사건들, 시간과 우주와 죽음을 생각하면.

그러다가도 내가 돌아서서, 그대 오 영혼, 나의 실체로 향하면,

보라, 그대가 조용히 궤도들을 통제하나니,

그대가 시간을 짝으로 삼고, 흡족한 표정으로 죽음에 미소하며

그 광대한 우주를 채워서, 가득히 부풀리나니.


별들이나 태양들보다도 커다란

오 영혼이여 그대는 결합하며 앞으로 나아가나니,

어떤 사랑이 그대의 사랑과 우리의 사랑보다 넓게 증폭할 수 있으랴?

어떤 열망들, 소망들이, 오 영혼이여, 그대와 우리의 열망과 소망들을 능가하랴?

이상에 대한 어떤 꿈들이? 순수, 완벽, 힘에 대한 어떤 계획들이?

다른 이들을 위해 모든 것을 기꺼이 포기하는 어떤 발랄한 마음이?

다른 이들을 위해 모든 것을 감내하는 마음이?

앞을 내다보는 오 영혼이여 그대는 시간을 다 채우고,

바다들을 모두 횡단하고, 갑들을 무사히 빠져나와, 항해를 마치고, 귀항하여

신을 대면하고 무릎을 꿇을 때 비로소 목표를 달성하고,

마치 우정, 완전한 사랑으로 충만한 형님을 찾은 듯이,

어린 아우처럼 그의 품에 안겨서 도타운 애정에 녹아들리라.


# 9


인도 너머의 세상으로 가는 길!

그대의 날개들은 정녕 그처럼 먼 비행에 알맞은 깃털을 지녔는가?

오 영혼이여, 그대는 정녕 그런 항해들을 계속 떠나겠는가?

그대는 그런 항해의 물길에서 계속 놀아보겠는가?

산스크리트어와 베다 경전들의 심연을 측량하겠는가?

그렇다면 그대의 구부러진 허리를 쭉 펴라.


너희, 너희의 해변들, 오래되어 험상궂은 수수께끼들로 통하는 길!

너희, 너희의 탁월한 지식, 너희의 옥죄는 문제들로 통하는 길!

해골들의 부스러진 조각들이 흩뿌려진 너희, 살아서는, 결코 닿지 못했던 너희에게 이르는 길.


인도 너머의 세상으로 가는 길!

오 대지와 하늘의 비밀!

오 너희 바닷물! 오 너희 굽이굽이 흐르는 시냇물과 강들의 비밀!

오 너희 숲과 들판들의 비빌! 내 땅의 너희 강력한 산들의 비밀!

오 너희 대초원들의 비밀! 너희 잿빛 바위들의 비밀!

오 붉은 아침! 오 구름! 오 비와 눈!

오 밤과 낮, 너희에게 가는 길!


오, 해와 달과 모든 별들! 천랑성[15]과 목성!

너희에게 가는 길!


길, 직통로! 피가 나의 혈관들 속에서 불탄다!

떠나자 오 영혼이여! 즉시 닻을 올려라!

굵은 밧줄을 잘라버려라 — 이물을 바람이 불어오는

---

15  천랑성(Dog Star, or Sirius)은 큰개자리에서 가장 밝은 청백색의 별.

쪽으로 돌려라 ─ 모든 돛을 뒤흔들어 펼쳐라!

이만하면 우리가 여기서 땅에 박힌 나무들처럼 오래 서 있지 않았는가?

이만하면 우리가 여기서 단순한 짐승들처럼 먹고 마시며 오래 취해 있지 않았는가?

이만하면 우리가 울적해지고 멍해지도록 오래 책들을 붙들고 있지 않았는가?


항해하라─배를 몰아라, 목적지는 오로지 깊은 바다뿐이다.

무모하게 오 영혼이여, 탐험에 나서자, 나는 그대와 함께, 그대는 나와 함께,

우리의 목적지는 뱃사람이 아직 감히 가보지 못한 곳,

우리 함께 배, 우리 자신과 모두를 걸고 모험을 해보자.


오 나의 용감한 영혼이여!

오 더 멀리 더 멀리 항해하라!

오 대담한 기쁨, 그러나 안전한! 그 바다들이 모두 신의 바다들이 아니냐?

오 더 멀리, 더 멀리, 더 멀리 항해하라!

# 굴러가는 지구의 노래

A Song Of The Rolling Earth

## 1

굴러가는 지구의 노래와, 그에 부응하는 말들의 노래,

당신은 그 노래들이 말들, 저 큰보표들이라고 생각하고 있었는가? 그 굽이들, 양상들, 부점들이라고?

천만에, 그 노래들은 말들이 아니다. 실질적인 말들은 땅과 바닷속에 있다.

그 말들은 공중에 있다. 그 말들은 당신 안에 있다.


당신은 그 노래들이 말들이라고, 당신 친구들의 입에서 나오는 맛깔스러운 소리들이라고 생각하고 있었는가?

천만에, 진짜 말들이 그 소리들보다 더 맛깔스럽다.


인간의 몸은 말들, 무수한 말들이다.

(최고의 시들에서는 그 몸이 거듭-나타난다. 잘-생기고, 자연스럽고, 명랑하고,

부위마다 능란하고, 활동적이고, 잘 받아들이고, 부끄러워하거나 부끄러워할 필요도 없는 남자의 몸 혹은 여자

의 몸이 계속 나타난다.)


　공기, 흙, 물, 불 — 이것들은 말들이다.

　나 자신은 그것들과 함께 있는 한 말이다 — 나의 특성들이 그 말들의 속성들과 서로 소통한다 — 나의 이름은 그것들에 비하면 아무것도 아니다.

　그 이름이 삼천 가지의 언어로 언급된다고 한들, 공기, 흙, 물, 불이 나의 이름을 왜 알고 싶겠는가?


　어떤 건강한 풍모, 어떤 친근하거나 위엄 있는 몸짓도 말들, 언사들, 의미들이다.

　어떤 남자들과 여자들의 단순한 겉모습들과 잘 어울리는 매력들 역시 언사들이요 의미들이다.


　영혼들의 기량은 지구의 저 들리지 않는 말들에 의해 발휘된다.

　대가들은 지구의 말들을 알고 있어서 들리는 말들보다는 그 말들을 더 많이 사용한다.


　개량은 지구의 말들 중 하나다.

　지구는 뒤에 처지거나 앞서나가지 않는다.

　지구는 태초에 생겨날 때부터 모든 속성, 성장들, 결과

들을 자기 안에 품고 있다.

지구에는 아름다운 절반만 있는 것이 아니다. 결점들과 군더더기들도, 완벽한 전형들이 드러내는 만큼, 똑같이 드러낸다.


지구는 보류하지 않는다. 지구는 족할 만큼 후하다.

지구의 진실들은 계속 기다린다. 그 진실들은 그리 은밀하게 숨겨져 있지 않다.

그 진실들은 고요하고, 미묘해서, 활자로 옮겨지지 않는다.

그 진실들은 기꺼이 자신을 알리는 모든 사물에 두루 충만해 있다.

어떤 감정과 초대를 전하는 소리를, 나는 입 밖으로 내고 또 낸다.

나는 말하지 않는다. 하물며 당신이 나의 말을 들어주지 않는다면 내가 당신에게 무슨 소용이 있겠는가?

낳아서, 개량시키는 것, 이런 것이 없다면 내가 무슨 소용이 있겠는가?


(산모여! 출산하라!

당신은 당신 자신의 결실을 당신의 몸속 그곳에서 썩히려는가?

당신은 거기에 쪼그려 앉아 참으려는가?)


지구는 다투지 않는다.

감상적이지 않고, 미리 정해놓지 않는다.

소리치거나, 서두르거나, 설득하거나, 위협하거나, 약속하지 않는다.

차별하지 않는다. 실패 따위는 염두에 두지 않는다.

그 무엇도 붙잡지 않는다. 그 무엇도 거부하지 않는다. 그 무엇도 가로막지 않는다.

모든 힘들, 물체들, 상태들에 대해, 지구는 알려주고, 그 무엇도 가로막지 않는다.


지구는 자신을 드러내지 않고 자신을 드러내는 것을 거부하지도 않은 채, 조용히 속에 품고 있다.

그 속에 겉으로 드러나는 소리들, 영웅들의 당당한 합창, 노예들의 통곡,

연인들의 설득, 저주, 죽어가는 이의 헉헉거리는 소리, 젊은 사람들의 웃음소리, 흥정하는 사람들의 말씨들,

그 속에 이처럼 절대 사라지지 않는 말들을 품고 있다.


자식들에게 이렇게 무언의 웅변을 하는 위대한 어머니의 말들은 절대 사라지지 않는다.

참된 말들은 사라지지 않는다. 운동도 사라지지 않고
내성도 사라지지 않기에,

또한 낮과 밤도 사라지지 않고, 우리가 추구하는 여행
도 사라지지 않을 것이기에.


무한한 자매들 중에서,

자매들의 끊임없는 대무도회에서,

밖으로 돌고 중심을 향해 도는 자매들, 늙은 자매들과
어린 자매들 중에서,

우리가 아는 그 아름다운 자매[1]도 다른 자매들과 함께
계속 춤을 춘다.


그녀의 널찍한 등을 바라보는 모든 자매에게 향한 채,

청춘의 매력들과 노년의 동등한 매력들을 풍기며,

그녀는 앉아있다. 다른 자매들과 마찬가지로 나 역시
사랑하는 그녀는 평온하게 앉아서,

거울의 속성을 지닌 무언가를 손에 든 채, 눈으로 그
거울에 비친 뒤쪽의 풍경을 휙휙 훑어본다.

그녀는 앉아서, 아무도 초대하지 않고, 아무도 거부하
지 않은 채,

---

1    "아름다운 자매"는 지구, 다른 자매들은 우주의 별들과 행성들을 가리킨
     다. 바로 위의 연에서 지구는 "위대한 어머니"로 표현된다.

거울을 들고 자신의 얼굴 앞에 펼쳐지는 밤과 낮을 끊임없이 훑어본다.


가까이 보이든 멀리 보이든,

적기에 스물-네 자매가 매일 공공연히 나타난다.

적기에 각자의 동행들 혹은 동행을 거느리고 다가왔다가 지나간다.

그들의 얼굴들이 아니라, 그들이 거느리고 다니는 동행들의 얼굴들을 통해,

어린이들이나 여자들의 얼굴들 아니면 남성적인 얼굴을 통해,

동물들이나 무생물들의 솔직한 얼굴들을 통해,

풍경이나 물을 통해 아니면 아름다운 환영 같은 하늘을 통해,

그런 모습들에 충실하게 호응하는 나의 얼굴과 당신의 얼굴, 우리의 얼굴들을 통해 바라보면서,

매일 어김없이 공공연히 나타난다. 그러나 절대로 똑같은 동행들을 동반하지 않는다.


사람을 감싸고, 만물을 감싸면서, 태양은 저항하지 않고 365일을 계속 돈다.

만물을 감싸고, 달래고, 부양하면서, 365일은 첫날부

터, 확실하고 불가피하게, 다음날을 바짝 뒤따른다.


착실하게 굴러가며, 그 무엇도 두려워하지 않고,
햇살, 폭풍, 추위, 더위를, 끊임없이 견디고, 지나고, 전하며,
영혼의 자각과 결단을 계속 퍼뜨리고,
주변과 전방의 불안정한 진공으로 계속 들어가 가르면서,
조금도 지체하지 않고, 닻을 내리지 않고, 바위에 부딪히지도 않은 채,
재빠르게, 기쁘게, 만족스럽게 나아간다. 그 누구도 빼앗기지 않고, 그 무엇도 잃지 않은 채,
능력과 준비를 갖춘 모두에게 언제든 꼼꼼하게 설명해주는
이 성스러운 배는 성스러운 바다를 항해한다.


## 2


당신이 누구든! 운동과 내성은 특히 당신을 위해 있다.
이 성스러운 배도 당신을 위해 성스러운 바다를 항해한다.

당신이 누구든! 이 지구가 단단하고 유동적인 것은 그 혹은 그녀 바로 당신을 위해서다.

해와 달이 하늘에 떠 있는 것은 그 혹은 그녀 바로 당신을 위해서다.

오로지 당신만이 현재요 과거이기에,

오로지 당신만이 불멸이기에.


모든 남자는 저마다 또 모든 여자는 저마다, 과거와 현재의 말이요, 불멸의 참된 말이다.

그 누구도 다른 사람을 위해 얻을 수 없다 — 단 한 명도,

그 누구도 다른 사람을 위해 성장할 수 없다 — 단 한 명도.


노래는 가수에게 어울리기에, 그에게 돌아가기 마련이다.

교육은 교사에게 어울리기에, 그에게 돌아가기 마련이다.

살인은 살인자에게 어울리기에, 그에게 돌아가기 마련이다.

도둑질은 도둑에게 어울리기에, 그에게 돌아가기 마련이다.

사랑은 연인에게 어울리기에, 그에게 돌아가기 마련이다.

선물은 주는 이에게 어울리기에, 그에게 돌아가기 마련

이다 ― 그것은 어김없는 사실이다.

　연설은 웅변가에게 어울리고, 연기는 관객이 아니라 남배우와 여배우에게 어울린다.

　그러므로 자신의 위대함이나 선량함, 또는 그런 성품을 보여주는 증거를 아는 사람은 자기 자신뿐이며, 그 누구도 이해하지 못한다.


# 3


　맹세코 지구는 완전한 그 혹은 그녀에게는 틀림없이 완전할 것이다.

　지구는 들쭉날쭉 부서진 채로 남아있는 그 혹은 그녀에게만 들쭉날쭉 부서진 채로 남아있다.


　맹세코 지구의 위력 혹은 힘과 경쟁하지 않는 위력이나 힘은 없다.

　지구의 이론을 입증하지 않는 어떤 설명도 이론이 될 수 없다.

　어떤 정치, 노래, 종교, 행동이나, 그 밖의 어떤 것도 중요하지 않다, 지구의 도량에 견줄 만하지 않다면,

　지구의 정확성, 생명력, 공정성, 정직성을 지향하지 않

는다면.

맹세코 나는 사랑에 반응하는 충동보다 한결 달콤한
충동들을 지닌 사랑을 보기 시작한다.
그것은 초대하지 않고 거절하지도 않은 채, 사랑 자체
를 품고 있는 사랑이다.

맹세코 나는 들리는 말들에서 거의 혹은 아무것도 보
지 않기 시작한다.
모든 것이 어우러져서 말로 표현되지 않은 지구의 의
미들을 드러내,
몸에 대한 노래들과 지구의 진리들에 대한 노래들을
부르는 사람에게,
활자가 건드릴 수 없는 말들의 사전을 만드는 이에게
수렴된다.

맹세코 나는 최고를 말하는 것보다 더 좋은 것을 알고
있다.
그것은 언제나 최고를 말하지 않고 그냥 두는 것이다.

내가 할 수 없다는 것을 잘 알면서도 최고를 말하려 한
다면,

나의 혀가 제대로 돌아가지 않을 것이다.

나의 숨이 숨을 쉬는 기관들에 순종하지 않을 것이다.

나는 멍청이가 되고 말 것이다.


지구의 최고는 여하튼 말로 표현될 수 없다. 모든 것 혹은 그 어떤 것도 최고이기에,

그것은 당신이 기대했던 게 아니다. 그것은 그보다 싸고, 더 수월하고, 더 가까이 있다.

사물들은 저마다 과거에 차지하고 있던 자리들에서 내쫓기지 않는다.

지구는 과거의 지구와 똑같이 능동적이고 직접적이다.

사실들, 종교들, 개선들, 정치, 교역들도 전과 똑같이 현실적이다.

물론 영혼 역시 현실적이다. 영혼도 능동적이고 직접적이다.

어떤 추론, 어떤 증거도 영혼을 확립하지 못했다.

부인할 수 없는 성장이 영혼을 확립해왔다.


4


영혼들의 어조들과 영혼들의 구절들을 반영하는 이런

시행들

(이런 시행들이 영혼들의 구절들을 반영하지 않는다면 무슨 쓸모가 있겠는가?

이런 시행들에 특히 당신에 대한 언급이 없다면 무슨 쓸모가 있겠는가?)


맹세코 나는 앞으로 최고를 말하는 믿음과는 절대로 관계를 맺지 않을 것이다.

나는 오로지 최고를 말하지 않고 그냥 두는 믿음과만 관계를 맺을 것이다.


계속 말하라, 시인들이여! 계속 노래하라, 가수들이여!

대지의 말들을 파고들어라! 주조하라! 쌓아 올려라!

계속 작업하라, 세월에 또 세월이 흘러도, 그 어떤 것도 사라지지 않을 것이다.

어쩌면 오래 기다려야 할 것이다. 그러나 반드시 쓰이게 될 것이다.

자재들이 모두 마련되고 준비가 되면, 건축가들이 나타날 것이다.


내가 당신에게 장담하건대 건축가들이 반드시 나타날 것이다.

내가 당신에게 장담하건대 그들이 당신을 이해하고 당신의 정당성을 증명할 것이다.

그들 중에서 가장 위대한 사람은 바로 당신을 아주 잘 알고, 모두를 감싸주고 모두에게 충실한 사람일 것이다.

그와 그 나머지 사람들이 당신을 잊지 않을 것이다. 그들이 자기들과 마찬가지로 당신도 멍청이가 아니라고 여길 것이다.

당신이 그들의 마음속에서 완전하게 찬미 될 것이다.

# 거룩한 죽음의 속삭임

해마다 피어나는 라일락과 서쪽 하늘에서 고개 숙이는 별,
그리고 내가 사랑하는 그분 생각을

# 시간에 대해 생각해보라

To Think Of Time

## 1

시간에 대해 — 그 모든 회상에 대해 생각해보라.

오늘과 앞으로 계속될 세월에 대해 생각해보라.

당신은 당신 자신이 영속하지 않으리라고 추측했는가?

당신은 딱정벌레들을 무서워했는가?

당신은 미래가 당신에게 아무것도 아닐 것 같아서 두려웠는가?

오늘은 아무것도 아닌가? 시작이 없는 과거는 아무것도 아닌가?

미래가 아무것도 아니라면 그것들은 분명 아무것도 아닌 거나 다름없다.

해가 동쪽에서 떠올랐다고 — 남자들과 여자들이 유연했고, 실재했고, 살아있었다고 — 만물이 살아있었다고 생각해보라.

당신과 내가 보지도, 느끼지도, 생각하지도 못했고, 우리의 역할을 감당하지도 못했다고 생각해보라.

우리가 지금 여기에 있고 우리의 역할을 감당하고 있다고 생각해보라.


2

하루도, 단 1분 아니 단 1초도 새로 태어나는 생명체가 없이는 지나가지 않는다.

하루도, 단 1분 아니 단 1초도 어떤 시체가 없이는 지나가지 않는다.


흐릿한 밤들이 지나가고 흐릿한 낮들 역시 지나간다.

침대에 너무 많이 누워있는 아픔도 지나간다.

의사가 한참을 미루다가 대답 대신 말없이 괴로운 표정을 짓는다.

아이들이 다급히 다가와서 울고, 형제들과 자매들을 불러들인다.

약들이 사용되지 않은 채 선반에 놓여 있다. (장뇌-냄새가 오랫동안 방들에 배어 있었다.)

살아있는 사람의 충실한 손이 죽어가는 사람의 손을

저버리지 못한다.

그 씰룩거리는 입술이 죽어가는 사람의 이마를 가볍게 누른다.

호흡이 멎고 심장의 맥박이 멈춘다.

시신이 침대 위에 뻗어있고 살아있는 사람들이 그 시신을 바라본다.

살아있는 사람들이 만져보면 알 수 있듯 시신도 만져보면 알 수 있다.


살아있는 사람들은 각자의 시력으로 시신을 바라본다.

그러나 시력이 없으면 조금 다른 생명체처럼 머뭇거리며 신기한 듯이 그 시신을 바라본다.


3


죽음에 관한 생각이 물질에 관한 생각 속에 합쳐졌다고 생각해보라.

도시와 시골의 온갖 경이로운 일들과 그런 일들에 큰 관심을 가지는 다른 사람, 그리고 그 일들에 전혀 관심이 없는 우리에 대해 생각해보라.

우리가 아주 열심히 우리의 집을 짓고 있는 모습을 생각해보라.

다른 사람들도 똑같이 열심히 짓고 있는데, 우리는 전혀 무관심하다고 생각해보라.


(나는 몇 년, 혹은 기껏해야 70년이나 80년 쓸 집을 짓는 사람을 본다.

나는 그보다 오래 쓰일 집을 짓는 사람을 본다.)


서서히-움직이는 검은 선들이 온 지구 위에 얽혀 퍼져간다 — 그 선들은 절대 멈추지 않는다 — 그 선들은 묘지 경계선들이다.

대통령이었던 사람이 묻혔고, 지금 대통령을 하는 사람도 틀림없이 묻힐 것이다.



4


천박한 운명에 대한 어떤 추억,

일꾼들의 삶과 죽음에 대한 어떤 흔한 실례,

저마다 자신의 동류를 추억한다.

연락선-부두에 부딪히는 차가운 파도들, 절벅거리는 소리와 강물 속의 얼음, 거리에 반쯤 얼어붙은 진흙,

머리 위의 울적한 잿빛 하늘, 12월의 짧은 마지막 햇살,

영구차와 승합마차들, 어느 늙은 브로드웨이 승합마차-운전사의 장례식, 장례 행렬의 대다수가 운전사들이다.


차분하게 총총 묘지로 나아가는 발걸음, 적기에 덩덩 울리는 조종-소리,

정문을 통과한다. 새로-판 무덤에서 멈춘다. 살아있는 사람들이 내린다. 영구차의 문이 열린다.

관이 운구되어, 내려지고 자리를 잡는다. 채찍이 그 관 위에 놓인다.[1] 흙이 삽질 되어 어느새 채워진다.

위의 봉분이 삽들로 평평하게 다져진다 — 묵념,

1분 — 아무도 움직이거나 말하지 않는다 — 끝났다.

그가 단정하게 매장되어 떠났다 — 더 할 일이 남았나?


그는 좋은 동료였다. 자유롭게-입을 놀리는, 급한-성미에, 나쁘지 않은 외모였다,

친구를 위해 기꺼이 살거나 죽으려 들었고, 여자들을 좋아했고, 도박을 했으며, 실컷 먹었고, 엄청나게 마셨다,

기세 좋게 사는 게 뭔지 알고 살다가, 말년에 의기소침

---

1    마차 운전자의 채찍을 시신과 함께 묻어주는 풍습을 언급한 대목.

해졌고, 병이 들어서, 기부금의 도움으로 연명하다가,

41세의 나이에, 죽었다 — 그리고 그것이 그의 장례식
이었다.


쭉 펼친 엄지, 추켜세운 손가락, 앞치마, 어깨 망토, 장
갑, 견장, 궂은 날씨에 입는 옷, 신중하게 고른 채찍,

상사, 감시인, 출발 신호원, 마부, 누군가는 당신의 뒤
에 붙어서, 당신은 누군가의 뒤에 붙어서, 운전 간격에 따
라, 앞선 사람과 뒤따르는 사람이 빈둥빈둥 돌아다니는

좋은 일진, 안 좋은 일진, 최대의 미불입금, 초라한 미불
입금, 조기 퇴근, 꼴찌 퇴근, 밤이면 잠자리에 드는 일상,

이런 일들은 다른 운전자들에게도 정말 똑같이 거의
비슷하게 일어난다. 그런데 그는 정작 그 일들에 별로 관
심이 없다고 생각해보라.


# 5


시장들, 정부, 근로자의 임금, 우리의 밤들과 낮들을 보
내는 대가로 그 임금이 얼마나 되는지 생각해보라.

다른 근로자들은 정말 큰돈을 버는데, 우리는 거의 혹
은 전혀 못 번다고 생각해보라.

서민들과 고상한 사람들, 당신이 죄라고 부르는 것과 당신이 덕이라고 부르는 것, 그 차이가 얼마나 큰지 생각해보라.

그 차이는 계속 다른 차이들로 이어질 것이다. 그런데 우리는 그 차이를 극복할 수 없다고 생각해보라.

얼마나 많은 기쁨이 있을지 생각해보라.

당신은 도시에서 즐겁게 보내고 있는가? 사업에 종사하면서? 아니면 공천과 선거를 계획하면서? 아니면 당신의 아내와 가족들과 함께?

아니면 당신의 어머니와 누이들과 함께? 아니면 여성스럽게 집안일을 하면서? 아니면 아름다운 어머니의 보살핌을 받으며?

이런 것들 또한 다른 사람들에게 계속 흘러간다. 당신과 나는 계속 흘러간다.

그러나 때가 되면 당신과 나는 그런 것들에 흥미를 잃게 될 것이다.

당신의 농장, 수익, 수확물들에 — 당신이 얼마나 몰두해 있는지 생각해보라.

농장들, 수익, 수확물들은 계속 있을 것이다. 그런데 당신에게 무슨 소용이 있을지 생각해보라.


# 6


앞으로 형편은 좋아질 것이다. 지금의 형편이 좋기에,
흥미를 붙여도 좋고, 흥미를 붙이지 않아도 좋을 것이다.


가정에서 누리는 기쁨들, 매일 하는 집안일이나 사업,
집들의 건축은 환영들이 아니다. 그런 것들은 무게, 형태,
장소를 지니고 있다.

농장들, 수익, 수확물들, 시장들, 임금, 정부, 이중 어떤
것도 환영이 아니다.

죄와 덕의 차이도 절대 망상이 아니다.

대지는 어떤 메아리가 아니다. 사람과 사람의 삶과 그
삶의 모든 일이 당연하게-여겨진다.


당신은 바람에 내던져진 존재가 아니다. 당신은 확실하
고 안전하게 당신 자신을 둘러싸고 있는 집합체,

당신 자신! 당신 자신! 영원히, 당신 자신이다!

# 7

당신이 당신의 어머니와 아버지에게서 태어났다는 것은, 당신을 분산시키는 것이 아니라, 당신에게 정체성을 부여하는 행위다.

당신이 미정의 존재가 아니라, 당신이 결정된 존재로 살아야 한다는 뜻이다.

오랫동안 준비하는 무형의 무언가가 당신 속에 안착해서 형성된다.

그 이후부터 당신은 안전하다, 그 무엇이 오고 가든.

풀린 실들이 모인다. 씨실이 날실에 엇걸린다. 무늬가 체계를 갖춘다.

그 준비과정들이 낱낱이 정당화되었다.

그 오케스트라가 각각의 악기들을 충분히 조율했다. 지휘봉이 신호를 보냈다.

찾아오고 있었던 손님, 그는 오래 기다렸다. 그가 이제 막 집 안에 들어섰다.

그는 아름답고 행복한 사람들 중 한 명이다. 그는 함께 바라보며 존재하는 것으로도 충분한 사람들 중 한 명이다.

과거의 법칙은 피할 수 없다.

현재와 미래의 법칙은 피할 수 없다.

살아있는 사람들의 법칙은 피할 수 없다. 그 법칙은 영원하다.

진급과 변형의 법칙은 피할 수 없다.

영웅들과 자선가들의 법칙은 피할 수 없다.

주정뱅이들, 밀고자들, 야비한 사람들의 법칙, 그 어떤 법칙도 절대 피할 수 없다.


8


서서히 움직이는 검은 선들이 지구 위로 끊임없이 지나간다.

북부 사람이 운구되어 지나가고 남부 사람이 운구되어 지나가고, 대서양 쪽에 있는 사람들과 태평양 쪽에 있는 사람들,

그리고 그 사이에 있는 사람들과 미시시피주 전역의 모든 사람들과 지구 위의 모든 사람들이 운구되어 지나간다.


위대한 스승들과 우주가 만족스럽게 지나가고, 영웅들

과 자선가들도 만족스럽게 지나간다.

유명한 지도자들과 발명가들과 부자들과 경건한 사람들과 성공한 사람들도 아마 만족할 것이다.

그러나 거기에는 그 이상의 의미가 담겨있다. 모두에 대한 엄중한 의미가 담겨있다.


무지하고 사악한 사람들의 끝없는 무리도 무의미하지 않다.

아프리카와 아시아의 야만인들도 무의미하지 않다.

지나가는 얄팍한 사람들의 끊임없는 행렬들도 무의미하지 않다.


이런 모든 일들 중에서도 특히,

나는 우리가 그리 많이 바뀌지 않고, 우리의 법칙도 바뀌지 않기를 바랐다.

나는 영웅들과 자선가들이 현재와 과거의 법칙을 계속 따르며 살기를 바랐고,

살인자들, 술꾼들, 거짓말쟁이들도 현재와 과거의 법칙을 계속 따르며 살기를 바랐다.

나는 그들이 지금 따르는 법칙으로 충분하기를 바랐기 때문이다.

그리고 나는 알려진 삶, 일시적인 삶의 목적과 본질이

미지의 삶, 영원한 삶을 위한 정체성을 형성하고 결정

하는 것이기를 바랐기 때문이다.


만일 모두가 한낱 똥 같은 잿더미로 변하고 만다면,

만일 구더기들과 쥐들이 우리를 끝장내고 만다면, 그렇

다면 맙소사! 우리가 배신당하는 꼴이기에,

그렇다면 정말 죽음에 대한 의심만 남는다.


당신은 죽음을 의심하는가? 만일 내가 죽음을 의심한

다면 나는 당장 죽고 말 것이다.

당신은 내가 즐겁게 적절하게 절멸을 향해 나아갈 수

있으리라고 생각하는가?


즐겁게 적절하게 나는 걸어간다.

어디로 내가 걸어가든 나는 정의할 수 없으나, 나는 그

게 좋은 일이라는 것을 알고 있다.

온 우주가 그건 좋은 일이라고 일러준다.

과거와 현재가 그건 좋은 일이라고 일러준다.


동물들은 얼마나 아름답고 완벽한가!

지구와 그 위에 있는 가장 작은 것까지 얼마나 완벽한가!

선으로 불리는 것도 완벽하고, 악으로 불리는 것도 똑같이 완벽하다.

식물들과 광물들도 모두 완벽하고, 헤아리기 힘든 유체들도 완벽하다.

시나브로 확실하게 그 모두가 지나고 지나서 지금에 이르렀고, 시나브로 확실하게 그 모두가 계속 나아갈 것이다.


# 9


맹세코 나는 이제 만물은 예외 없이 어떤 영원한 영혼을 지니고 있다고 생각한다!

땅속에 뿌리를 내린 나무들도 지니고 있다! 바다의 해초들도 지니고 있다! 동물들도!


맹세코 나는 불멸 외에는 아무것도 없다고 생각한다!

정교한 계획도 불멸을 위해 존재하고, 흐릿한 부유물도 불멸을 위해 존재하며, 응집하는 현상 역시 불멸을 위해 존재한다고!

그리고 모든 준비도 불멸을 위해 존재하고 — 정체성도 불멸을 위해 존재하며 — 삶과 물질들도 모두 불멸을 위해 존재한다고!

# 거룩한 죽음의 속삭임

Whispers of Heavenly Death

쇄쇄 거룩한 죽음의 속삭이는 소리를 나는 듣는다
　밤의 입술이 쑥덕쑥덕하는 소리, 쉬쉬 합창하는 소리,
　사뿐히 올라가는 발소리, 부드럽게 나직이 감도는 신비
로운 산들바람 소리,
　보이지 않는 강물의 잔물결 소리, 흐르는, 영구히 흐르
는 해류의 밀물과 썰물 소리,
　(아니면 눈물방울들이 쏙쏙 터지는 소린가? 인간 눈물
의 무량한 물방울들이?)

　나는 본다. 그냥 하늘을 바라본다. 거대한 구름-덩어리들이
　구슬프게 느릿느릿 굽이쳐가다가 고요히 부풀고 뒤섞이고,
　이따금 몹시 흐릿하고 충충하고 머나먼 별 하나가
　보일락 말락 한다.

　(누가 분만하나 보다, 어떤 장엄한 신이 태어나는 소리,
　두 눈으로 헤아릴 수 없는 그 변경을
　한 영혼이 넘어가고 있다.)

# 오 선장님! 나의 선장님!

O Captain! My Captain! 1

오 선장님! 나의 선장님! 우리의 무서운 여행은 끝났습니다.

배는 온갖 파괴를 견뎌냈고, 우리가 찾던 목표도 이루었습니다.

항구는 가깝고 종소리가 들립니다. 사람들이 한 몸으로 기뻐하며

눈길을 따라 견고한 용골, 굳세고 담대한 배를 지켜봅니다.

　　그러나 오 심장! 심장! 심장이여!

　　오 뚝뚝 듣는 붉은 핏방울들이여,

　　　갑판에 우리 선장님이 누워계십니다

　　　쓰러져 싸늘한 시신이 되어.

오 선장님! 나의 선장님! 일어나 저 종소리를 들어보세요.

---

1 　이 시와 이어지는 장시 「지난번 앞뜰에 라일락이 피었을 때」 2편은 에이브러햄 링컨(1809~1865, 미국의 제16대 대통령: 1861-1865)의 안타까운 죽음을 슬퍼하는 애도의 노래들이다. 링컨은 1865년 4월 14일 워싱턴의 포드 극장에서 연극을 관람하다가 남부 출신의 배우이자 첩자 존 부스가 쏜 총에 머리를 맞아서 그다음 날 아침에 사망하였다.

일어나세요 — 당신을 위해 깃발이 펄럭입니다 — 당신을 위해 나팔이 울립니다.

당신께 드릴 꽃다발과 리본 장식 화환 — 당신을 맞이하려고 해변으로 몰려드는 사람들,

당신의 이름을 부르며 동요하는 군중들, 그들의 간절한 얼굴이 향하는

여기에 선장님! 소중한 아버지!

당신의 머리를 받치는 이 팔에!

설마 꿈이겠지요, 갑판에

쓰러져 싸늘한 시신이 되었다니.


나의 선장님은 대답하지 않습니다. 입술도 창백히 고요합니다.

나의 아버지가 내 팔을 못 느낍니다. 그에겐 맥박도 의지도 없습니다.

배는 무사히 안전하게 닻을 내렸고, 마침내 항해는 끝났습니다.

무서운 여행에서 승리한 배가 목적을 이루고 들어옵니다.

기뻐하라 오 해안들아, 울려라 오 종들아!

그러나 나는 슬픈 발걸음으로

나의 선장님이 쓰러져 싸늘한 시신이 되어

누워계시는 갑판을 걷습니다.

# 지난번 앞뜰에 라일락이 피었을 때

When Lilacs Last in the Dooryard Bloom'd

## 1

지난번 앞뜰에 라일락이 피고,

그 큰 별이 서쪽 밤하늘에서 일찌감치 고개를 숙였을 때,

나는 슬퍼하였다. 그런데 이제는 늘-돌아오는 봄과 함께 슬퍼하리라.


늘-돌아오는 봄, 네가 어김없이 나에게 삼위일체를 상기시키나니,

해마다 피어나는 라일락과 서쪽 하늘에서 고개 숙이는 별,

그리고 내가 사랑하는 그분 생각을.


## 2

오 서쪽으로 추락한 강렬한 별이여!

오 밤의 그림자들이여 — 오 침울하게 울먹이는 밤이여!

오 사라져버린 큰 별이여 — 오 그 별을 가리는 거뭇한

암흑이여!

오 나를 무력하게 붙드는 잔인한 손들 — 오 나의 무력
한 영혼이여!

오 나의 영혼을 거칠게 에워싼 채 풀어주지 않는 구름
이여.


## 3

한 낡은 농가를 마주 보고 있는 앞뜰의 하얗게-씻긴
말뚝 울타리 가까이에,

커다랗게 자란 라일락-관목이 진녹색 심장-모양의 이
파리들에

은은하게 부풀어 오르는 뾰족한 꽃을 수없이 달고서,
내가 좋아하는 강렬한 향기를 풍기며,

꽃잎마다 기적을 머금은 채 서 있고 — 앞뜰의 이 관목
에서

은은한-색조의 꽃들과 진녹색 심장-모양의 이파리들
이 어우러진

잔가지 하나를 꽃과 함께 나는 꺾는다.

4

작은 늪의 호젓한 은신처에서,

수줍어서 숨어있는 새 한 마리가 지저귀며 노래하고
있다.


고독한 개똥지빠귀,

그 은둔자가 정착지들을 피해, 고립을 자처한 채

홀로 노래를 부른다.


피를 토하는 목청의 노래,

생명을 보내는 죽음의 노래. (내가 아는 아주 귀한 형
제를 위해서,

너에게 노래마저 허락되지 않는다면 너도 분명 죽고
싶은 심정이리라.)


5

봄의 가슴에 안긴 시골을 지나서, 도시들에 들렀다가,

골목들을 지나, 뒤늦게 제비꽃들이 땅에서 남몰래 피어나

잿빛의 폐석들을 얼룩덜룩 물들이는 옛 숲들을 통과하고,

좁은 오솔길들의 양쪽 밭들 사이로 난 풀밭으로 접어
들어, 끝없이 펼쳐진 풀밭을 지나서,

쑥쑥 자란 암갈색의 밭들에서 알갱이마다 막을 벗고
노란-침을 곧추세운 밀을 지나,

과수원들에 흰색 분홍색으로 피어난 사과-나무꽃들을
지나서,

한 시신을 모시고 나아갑니다. 그 시신이 무덤에 들어
영면할 곳으로,

밤낮으로 관 하나가 여행을 합니다.


## 6


관이 좁은 오솔길들과 거리들을 지나,

밤에도 낮에도 나아갑니다. 시골을 검게 물들이는 거대
한 구름과 함께,

고리에 묶인 깃발들의 장엄한 행렬과 함께 검은 휘장
을 드리운 도시들과 함께,

마치 검은 베일을 쓰고 서 있는 여인들 같은 주써들 고
유의 성장과 함께,

길게 굽이치는 행렬들과 밤의 불꽃들과 함께,

불붙은 무수한 횃불들과 함께, 고요한 바다처럼 일렁이

는 숱한 얼굴들과 머리에 모자와 베일을 쓴 사람들과 함께,

　대기하고 있는 안치소, 도착하는 관과 침울한 얼굴들과
함께,

　밤새도록 부르는 장송곡들과 함께, 격하게 침통하게 울
려 퍼지는 수천의 목소리들과 함께,

　관을 에워싸고 쉴 새 없이 부르는 장송곡들의 너무나
구슬픈 목소리들,

　희미하게 불 밝힌 교회들과 전율하는 오르간 소리 ──
이런 소리들이 울려 퍼지는 가운데 당신은 떠나갑니다

　땡그랑 땡그랑 하염없이 울리는 종소리와 함께,

　서서히 지나가는 이 관에,

　당신께 나의 라일락 꽃가지를 바칩니다.


# 7


　(당신에게만, 오직 한 관을 위해서만이 아니라,

　나는 꽃들과 푸른 가지들을 모든 관에 바치며,

　아침처럼 새로운, 오 온건하고 거룩한 죽음이여 당신을
위해, 이렇게 노래를 부르곤 했습니다.


　장미 꽃다발로 온통 휘덮인

오 죽음이여, 나는 장미와 이른 백합들로 당신을 덮어주지만,

이제는 주로 처음으로 피어나는 라일락을

나는 풍성하게 꺾습니다. 나는 그 관목 숲에서 어린 가지들을 꺾어,

한 아름 안고 와서, 당신께 쏟아줍니다

당신과 오 죽음 당신의 모든 관에.)


# 8

오 하늘을 유영하는 서쪽의 천체여,

네가 전하고자 했던 뜻을 이제 알겠다, 내가 길을 나선 지 한 달이 지나서야.

내가 명료하면서도 어둑어둑한 밤길을 조용히 걸어갈 때면,

너는 뭔가 할 말이 있는 듯이 밤마다 나를 굽어보았지.

(다른 별들이 모두 방관하는 사이에) 너는 마치 내 곁으로 오고 싶은 듯이 하늘에서 나직이 내려다보았지.

우리는 함께 엄숙한 밤길을 배회하였지. (내가 잠 못들게 하는 미지의 무엇 때문이었는데)

밤이 깊어갈수록, 나는 서쪽 하늘 끝자락에서 온통 슬

품에 젖어 드는 너를 보았지.

나는 그 시원하고 투명한 밤에 산들바람을 맞으며 둔덕에 서서,

네가 밤의 하강하는 암흑 속에서 나아가다가 사라져버린 곳을 지켜보았지.

슬픈 천체, 네가 결국, 밤으로 추락해서, 가 버리고 말았듯,

나의 영혼도 괴로움에 낙심해서 가라앉고 말았지.


# 9

거기 늪에서 계속 노래해라,

오 수줍어하는 다정한 가수야, 내가 너의 곡조를 듣나니, 내가 너의 울음소리를 듣나니,

내가 듣고, 내가 즉시 응하고, 내가 너를 이해하리니,

저 빛나는 별이 내내 나를 붙들었기에, 그 별이 나의 떠나는 동무를 품고서 나를 붙들기에,

그저 잠시 지체할 따름이니.

# 10

내가 사랑했던 저 죽은 동무를 위해서 나는, 아 어떻게 노래해야 하나?

떠나버린 그 호방하고 다정한 영혼을 위해 나는 또 어떻게 나의 노래를 꾸며야 하나?

그리고 내가 사랑하는 그분의 무덤을 위해 나의 향은 뭐가 어울리려나?


동쪽과 서쪽에서 불어오는 바다-바람들,

동쪽 바다에서 불어오고 서쪽 바다에서 불어와, 저 대초원에서 만나는

바람과 바람들에 내 노래의 숨결을 보태서,

나는 내가 사랑하는 그분의 무덤을 향기롭게 하리라.


# 11

아 그 방의 벽들에는 무엇을 걸까?

또 그 벽들에 어떤 그림들을 걸어서,

내가 사랑하는 그분이 묻힐 집을 장식할까?

성장하는 봄과 농장들과 집들이 있는 그림들,

4월 해질녘의 저녁 풍경과 맑고 밝은 잿빛 연기에,

시나브로 가라앉으며 불타는 눈 부신 태양이 노란 금빛 물결로 대기를 물들이고,

발밑에는 싱그럽고 향긋한 풀밭과 열매가 많이 열리는 나무들의 연초록 이파리들,

저 멀리 흘러가는 유리 같은 강과 그 강물의 가슴 여기 저기서 일렁이는 바람-얼룩,

강둑들 위에 줄지어 있는 아담한 산들, 하늘에 아로새겨진 숱한 선과 그림자들,

그리고 근처 도시의 빽빽이 들어찬 집들과 겹겹이 쌓여 있는 굴뚝들,

그리고 삶의 온갖 현장들과 일터들과 귀가하는 일꾼들이 담겨있는 그림들.


## 12


보라, 육체와 영혼이여—이 땅을,

뾰족탑들이 늘어선 나의 맨해튼과 반짝이며 쾌치는 물결과 배들,

저 다채롭고 광대한 땅, 빛에 젖어 있는 남부와 북부,

오하이오의 강기슭들과 번쩍이는 미주리강,

　그리고 풀과 옥수수로 뒤덮여 하염없이 까마득히-퍼져
가는 대초원을.


　보라, 아주 고요하고 도도한 최고의 태양,
　자줏빛 보랏빛 아침과 솔솔 부는 산들바람,
　온화하게 부드럽게-태어나는 무량한 햇살,
　만물을 떡 감기며 퍼져가는 기적, 충만한 한낮,
　즐겁게 다가오는 저녁, 반가운 밤과 별들이
　나의 도시들을 두루 비추고, 사람과 땅을 감싸나니.



## 13


　계속 노래해라, 계속 노래해라, 회-갈색의 새야,
　그 늪, 그 은신처에서 노래해라, 그 덤불 숲에서 너의
노래를.
　어둠 속에서, 삼나무 숲과 소나무 숲에서 무한히 쏟아
내라.


　사랑하는 형제야 노래해라, 너의 갈대피리 같은 노래,
　지극히 비통한 목소리의 인간적인 노래를 드높이 지저

귀어라.


오 맑고 자유롭고 부드러운!

오 나의 영혼에 전하는 거칠고 분방한 소리─오 경이
로운 가수여!

너의 소리를 오로지 나만 듣나니─그런데 그 별이 아
직 나를 붙드는구나. (그러나 머지않아 떠나리라.)

그런데 라일락이 압도하는 향기로 나를 붙드는구나.



## 14


나는 햇살 속에 앉아 저무는 낮의

햇살과 봄의 들판과 작물을 심으려고 준비하는 농부들,

호수들과 숲들을 거느린 내 땅의 호방하고 무심한 풍경,

(사나운 바람과 폭풍우가 지나간 후에) 하늘의 영묘한
아름다움,

빠르게 지나가는 오후의 둥그런 하늘 밑과 재잘거리는
아이들과 여인들,

수없이─일렁이는 바다─물결들을 내다보고, 항해하는
배들의 모습과

풍요롭게 다가오는 여름과 일을 하느라 몹시 부산한

들판과

한없이 이어진 낱낱의 집들, 그 집들이 저마다 끼니와
일상의 소소한 일들을 챙기며 살아가는 모습과

사람들로 술렁거리는 거리와 에둘러있는 도시들을 바
라보다가 ─ 하, 그럴 때면 그런 곳에 꼭,

그 모두를 내리 덮쳐 그 모두에 스며들고, 그 나머지와
나를 휘감아버리는

구름이 나타났기에, 그 기다란 검은 꼬리가 나타났기에,

나는 죽음, 죽음에 관한 생각과 죽음에 대한 신성한 지
식을 알게 되었다.


그래서 나의 한쪽에서 걸어가는 죽음에 대한 지식과

나의 다른 쪽에 딱 붙어서 걸어가는 죽음에 관한 생각과

중간에 낀 내가 마치 동무들과 함께, 동무들의 손을 잡
은 듯이,

나는 말없이 숨겨주고 받아주는 밤의 품으로 달아났다가,

물의 기슭들, 어둠에 잠긴 늪 가의 오솔길을 따라

근엄한 환영 같은 삼나무들과 너무 고요해서 유령 같
은 소나무 숲에 이르렀다.


그런데 남들 앞에서 몹시 수줍어하는 그 가수가 나를
맞아주었다.

내가 아는 그 회-갈색의 새가 우리 세 동무를 맞아주었다.

그리고 그 새가 죽음에 대한 찬가, 내가 사랑하는 그분을 위한 노래를 불러주었다.

깊고 한적한 은거지에서,

향긋한 삼나무들과 너무 고요해서 유령 같은 소나무 숲에서,

그 새의 찬가가 울려 퍼졌다.

이내 그 찬가의 마력이 나를 사로잡았다

마치 내가 한밤에 내 동무들의 손을 꼭 붙잡은 듯이.

그래서 내 영혼의 목소리가 그 새의 노래를 기록하였다.

*다정히 달래 주는 죽음이여 오소서,*

*굽이치며 세상을 돌아, 낮에든 밤에든,*

*이르든 늦든, 담담하게 모두를, 각자를,*

*찾아오는, 찾아오는 자상한 죽음이여.*

*헤아릴 수 없는 우주를 찬미하라,*

*생명과 기쁨, 진기한 물상들과 지식을 주고,*

*사랑, 달콤한 사랑을 주나니―그러나 찬송! 찬송! 찬송*

하라!

서늘히-감싸는 죽음의 확실히-휘감는 팔들을!


언제나 부드러운 발걸음으로 조용히 다가오는 음울한
어머니여,

당신을 완전하게 환영하는 찬가를 아무도 불러주지 않
았습니까?

그렇다면 내가 당신을 위해 그 찬가를 부르리니, 내가
그 누구보다도 당신을 찬미하리니,

내가 당신께 노래를 바치리니, 당신이 정녕 와야만 한
다면, 망설임 없이 오소서.


강력한 해방 여전사여 다가오소서,

정녕 때가 되어, 당신이 죽은 이들을 데려가면 나는 즐
거이 그들이

당신의 다정하게 넘실거리는 대양에 잠겼다고,

오 죽음 당신의 축복 어린 그 바닷물에 씻겼다고 노래
하리니.


내가 당신께 바치는 기쁜 세레나데들,

당신을 맞으며 내가 당신께 청하는 춤들, 당신을 위해
준비한 장식들과 향연,

탁 트인 풍경과 드높이 펼쳐진 하늘의 광경들,

삶과 들판들, 웅대하고 사려 깊은 밤이 모두 어우러지나니.


무수한 별 밑에서 고요에 잠긴 밤이여,

대양의 가슴과 귀에 익은 쉰 소리로 속삭이는 파도여,

그리고 오 방대하고 완전한-베일에 덮인 죽음 당신에게 돌아서는 영혼이여,

기꺼이 바짝 다가서서 당신에게 안기는 몸이여.


나무-꼭대기들 너머로 내가 당신께 노래를 띄워 보내나니,

솟았다가 가라앉는 물결들 너머로, 무수한 밭들과 넓은 대초원 너머로,

빽빽이 밀집한 모든 도시와 붐비는 부두들과 길들 너머로,

내가 기쁘게, 기쁘게, 오 죽음 당신께 이 찬가를 띄워 보내나니.

# 15

내 영혼이 기록하도록,
그 회-갈색 새는 드높이 격하게 계속 노래했다.
맑고 유유한 곡조를 퍼뜨려 밤을 가득 채웠다.


흐릿한 소나무들과 삼나무들 속에서 드높이,
싱그러운 습기와 늪-향에 젖어서 청아하게,
그리고 나는 그 밤 그곳에서 나의 동무들과 함께 있었다.


그 사이에 나의 두 눈에 묶여있던 나의 시야가 열려서,
마치 환영들의 긴 파노라마를 만난 것 같았다.


이내 나는 그 대군을 흘긋 보았다.
나는, 마치 소리 없는 꿈들을 꾸고 있는 듯이, 전장의
포연을 뚫고 나가다가
탄환들에 찢긴 수백의 전투-깃발들을 보았다. 나는 그
깃발들이
이리저리 연기를 헤집고 나가다가, 찢기고 피로 얼룩져서,
결국 깃대들에 몇 조각이 붙어 있는 모습, (그리고 온
통 침묵 속에서)
산산이 쪼개지고 부서진 깃대들을 보았다.

나는 무수히 많은 전사자의 시체들을 보았고,

젊은이들의 하얀 해골들을 보았다.

나는 전쟁의 잔해와 모든 살해된 병사들의 잔해를 보
았다.

그러나 내가 본 그들의 모습은 생각했던 것과는 달랐다.

그들 자신은 아주 평온하였다. 그들은 괴로워하지 않았다.

살아있는 이들이 남아서 괴로워했다. 어머니가 괴로워
했고,

아내와 자식과 회상하는 전우가 괴로워했고,

살아남은 부대원들이 괴로워했다.


## 16


그 환영들을 지나, 밤을 지나서

지나가며, 내 동무들의 잡은 손을 풀어주고,

은둔자 새의 노래와 나의 영혼이 기록한 노래를 지나
가는

승리의 노래, 죽음의 행진곡, 그러나 계속 바뀌며 변주
를 거듭하는 노래,

나직이 흐느끼다가, 맑은 곡조로, 오르내리며, 홍수처

럼 밤을 휩쓸고

구슬피 가라앉아 희미해졌다가, 경고하듯 경고하듯이,
다시 기쁘게 폭발해서

대지를 휘덮고 드넓게 펼쳐진 하늘을 가득 채우는

그 강력한 찬가가 한밤 깊숙한 곳들에서 울려 퍼지는
소리를 들으며

지나가다가, 나는 당신께 심장-모양의 잎들이 달린 라
일락을 두고 떠납니다.

나는 봄과 함께 돌아와서, 꽃을 피우는 저 앞뜰 그곳에
당신을 두고 떠납니다.


이제는 당신을 위한 나의 노래를 멈출 시간.

오 한밤에 은빛 얼굴로 빛나는 동무여, 서쪽 하늘을 향
한 채,

서쪽 하늘의 너를 바라보며 친교를 나누었던 나의 시
선도 이만 거둘 시간.


그러나 모두가 간직하기를, 이 밤의 고마운 보상들,

이 노래, 회-갈색 새의 경이로운 찬가와

그 찬가의 기록, 내 영혼에서 깨어난 그 메아리와 함께,

아주 비통한 안색으로 빛나며 고개 숙인 별과

내 손을 잡고 새가 부르는 곳으로 다가간

나의 동무들과 그 가운데 끼어있었던 나와 그들의 기억도 모두 계속 간직해주기를, 내가 정말 몹시 사랑했던 고인을 위해,

나의 모든 날과 온 나라에서 가장 다정하고 가장 슬기로웠던 그 영혼을 위해—또 존귀한 그분께 바치는 이 시를 위해서,

저 향긋한 소나무들과 어둑어둑하고 희미한 삼나무 숲에서

내 영혼의 노래와 어우러졌던 새와 별과 라일락을 기억해주기를.

# 영웅들의 귀환
The Return Of The Heroes

## 1

땅들을 위해 이 격정적인 날들을 위해 나 자신을 위해서
이제 나는 잠시 그대 오 가을 들판의 흙으로 물러나,
그대 가슴에 기대어, 그대에게 나의 몸을 맡기고,
그대의 온건하고 차분한 심장의 맥박 소리에 응하여
그대를 위한 시를 조율하나니.

오 소리 없는 대지여, 나에게 소리를 털어놓아라.
오 내 땅의 수확물 — 오 한없는 여름의 성장물들이여,
오 풍성한 갈색 만삭의 대지 — 오 무한한 다산의 자궁이여,
그대를 이야기하는 노래를 들려다오.

## 2

이 무대 위에서는 하염없이,
신의 고요한 연례 극이 상연된다.

화려한 행렬들, 새들의 노래,

영혼에 불을 지펴서 아주 활기차게 하는 일출,

들썩이는 바다, 해변에 밀려드는 파도, 음악적인, 강력한 파도들,

숲, 튼실한 나무들, 가느다란 나무들, 점점 가늘어지는 나무들,

무수한 난쟁이 풀 군단,

열기, 소나기, 무량한 목초지들,

설경, 바람들의 분방한 오케스트라,

길게 뻗쳐서 가뿐히−떠 있는 구름 지붕, 맑고 짙푸른 테두리와 은빛 테두리,

드높이 팽창하는 별들, 얌전히 손짓하는 별들,

이동하는 양 떼와 소 떼, 평원과 에메랄드빛 초원,

다채로운 모든 땅과 모든 초목과 산물들의 형형색색 광경들.


3


비옥한 아메리카여 — 오늘,

그대는 만반의 준비를 끝내고 다산과 환희의 쇼를 시작한다!

그대가 풍요에 신음한다. 그대의 재화가 마치 감싸는-의복처럼 그대에게 옷을 입힌다.

그대가 엄청난 재산에 가슴이 아리도록 크게 웃는다.

무수히-휘감는 생기가 뒤얽는 덩굴들처럼 그대의 광대한 영토를 감싼다.

물가로 화물을 운반하는 커다란 배처럼 그대가 입항한다.

하늘에서 비가 내리고 땅에서 증기가 피어오르듯, 귀한 가치들이 그대에게 쏟아지고 그대에게서 솟아올랐다.

그대는 지구의 선망 대상! 그대는 기적!

풍요에 흠뻑 젖어서 멱을 감다가, 숨이 막힌 듯이, 헤엄치는 그대,

그대는 고요한 곳간들에 행운을 가져다주는 여주인,

그대는 한복판에 앉아서 그대의 세상을 내다보고, 동부를 바라보고 서부를 바라보는 대초원 부인,

말 한마디로 일천 마일, 백만의 농장들을 주고도, 전혀 아쉬워하지 않는 분배 부인,

그대는 모두-받아들이는 포용 부인 — 그대는 환대 부인. (그대만이 환대하는 신처럼 환대하나니.)

# 4

최근에 내가 노래했을 때는 나의 목소리가 슬펐다.

내 주변의 광경들 역시 증오의 먹먹한 소음들과 전쟁의 포연에 슬펐다.

그 갈등의 한복판에서, 영웅들 틈에, 나는 서 있었다.

아니면 느릿한 발걸음으로 상처 입어 죽어가는 이들을 헤치고 지나다녔다.


그러나 지금 내가 노래하는 것은 전쟁이 아니다.

군인들의 정연한 행진도 아니요, 임시 주둔지의 천막들도 아니다.

부랴부랴 도착해서 전열을 정비하는 연대병력도 아니다.

더 이상 슬프고, 부자연스러운 전쟁의 광경들이 아니다.


저 발그레한 불멸의 사병들, 첫발을-딛고 나오는 군단이 비켜달라고 요구했나?

아아 그 송장 같은 사병들, 뒤따라온 군단이 비켜달라고 요구한다.


(지나가라, 지나가라, 너희 자랑스러운 여단이여, 너희의 지르밟는 튼튼한 다리로,

너희의 젊고 강한 어깨로, 너희의 배낭과 장총들을 메고,

움직이기 시작한 너희가 행진하던 곳에서, 마냥 행복하게 나는 서서 너희를 지켜보았다.


지나가라—다시 둥둥 북들을 울려라.

군대가 보이기 시작한다. 오 집결하는 또 다른 군대가

무리 지어, 느릿느릿 뒤따라온다. 오 무섭게 따라붙는 군대여,

지독한 설사병에 시달리고, 열병을 앓는, 너무나 가련한 오 너희 연대 병사들이여,

피범벅의 붕대를 칭칭 감고 목발을 짚은, 오 내 땅의 불구로 변해버린 총아들이여,

보라, 너희의 창백한 군대가 따라온다.)


5


그러나 요즘처럼 해 밝은 날들에,

아득히-뻗쳐있는 아름다운 풍경, 도로들과 오솔길들, 차곡차곡 수북이 쌓여 있는 농장-짐마차들과 과일들과 곳간들에,

설마 죽은 이들이 들이닥치랴?

아 그 죽은 이들은 망치지 않는다. 그들은 자연에 잘 어우러진다.

그들은 나무들과 잔디 속의 풍경에, 그리고 지평선의 아득한 끝에 있는

하늘의 가장자리를 따라서 아주 잘 어우러진다.


나는 세상을 떠나버린 당신들을 잊지 않는다.

겨울에도 여름에도 내가 잃어버린 이들을 잊지 않는다.

그러나 지금처럼 야외에 나와서 나의 영혼이 황홀하고 평안할 때면 특히나, 마치 기쁨을 주는 유령들처럼,

당신들의 추억들이 떠올라서 미끄러지듯 조용히 나를 스쳐 간다.


# 6


나는 그날 귀환하는 영웅들을 보았다.

(그러나 타의 추종을 불허하는 그 영웅들은 다시는 돌아오지 않을 것이다,

그날 내가 보지 못했던 그 영웅들은.)

나는 끝없는 군단을 보았다. 나는 군대의 행렬을 보았다.

나는 접근해서, 사단별로 종대 행진하는 그들을 보았다.

북쪽으로 흐르듯이 나아가다가, 임무를 마치고, 웅장한 임시 주둔지의 닥지닥지 붙은 막사들에서 잠시 야영하는 모습도 보았다.


쉬는 병사들은 없었다 — 젊어 보이지만, 노련한 병사들,

지쳐 보이고, 거무튀튀하고, 잘생기고, 튼튼한, 농가 출신들과 공장 출신들,

길고 긴 잦은 군사작전과 땀투성이의 행군으로 단련되고,

수없이 격전을 벌인 유혈의 전장에 이골이 붙은 모습들.


잠깐의 휴식 — 군대가 기다린다.

붉게 상기되어 진을 치고 있는 백만의 정복자들이 기다린다.

세상 역시 기다린다. 이윽고 갑자기 바뀌는 밤처럼 은근하게 새벽처럼 확실하게,

그들이 녹는다. 그들이 사라진다.


환호하라 오 땅들이여! 승리에 겨운 땅들이여!

저기 저 붉게 전율하는 들판들에서 거둔 너희의 승리가 아니라,

바로 여기와 이후에 펼쳐질 너희의 승리를.


녹아라, 녹아서 사라져라, 너희 군단이여 ― 해산하라
너희 푸른-옷을 걸친 군인들이여,

너희야 다시 분해되어 돌아가라. 너희의 치명적인 무기
들을 영원히 넘겨주어라.

다른 군인들 무기들 들판들이 이제부터 너희를 위해,
남부 혹은 북부를 위해,

한결 온전한 전쟁들, 즐거운 전쟁들, 생명을-주는 전쟁
들에 임할 것이다.



7


오 나의 목구멍이여 크게, 오 영혼이여 맑게!
감사의 계절과 풍성한-수확의 목소리,
무한한 풍요를 위한 기쁨과 힘의 노래를 불러라.


경작되고 경작되지 않은 모든 들판이 내 앞에 펼쳐진다.
나는 내 종족의 진정한 활동무대들을 본다, 최초든 최
후든,

인류의 순결하고 쟁쟁한 활동무대들.

나는 다른 전투들에 임하는 영웅들을 본다.

나는 더 좋은 무기들이 그들의 손에서 온당하게-휘둘리는 광경을 바라본다.


나는 만물의 어머니가

온 누리에-뻗치는 눈으로 내다보고, 오랫동안 숙고하며,

생산물들의 다양한 수확량을 계산하는 곳을 바라본다.


그 아득한, 햇살 밝은 전경이 부산하다.

대초원, 과수원과 북부의 노란 곡식,

남부의 목화와 벼 그리고 루이지애나의 사탕수수,

씨 뿌리지 않고 개방된 휴한지들, 풍요로운 클로버밭과 큰조아재비밭,

풀 뜯는 소와 말들, 양 떼와 돼지 떼,

그리고 장엄하게 흘러가는 수많은 강과 명랑한 숱한 개울들과

풀 내-향긋한 산들바람이 부는 건강한 고원들과

기분 좋은 녹색 풀밭, 그 가냘픈 기적 끊임없이-되살아나는 풀까지.

# 8

영웅들이여 힘써 일하라! 생산물들을 수확하라!

만물의 어머니는, 팽창한 몸과 희미하게 빛나는 눈으로,

저 전쟁의 들판들만 지켜본 것이 아니었다.


영웅들이여 힘써 일하라! 열심히 일하라! 그 무기들을
잘 다뤄라!

만물의 어머니, 그분은 여기에서도 너희를 계속 지켜보
고 있다.


아주-흡족하게 아메리카 그대는

서부의 들판들을 넘어 기듯이 나아가는 저 괴물들,

인간의 성스러운 발명품들, 노동을 덜어주는 도구들을
바라본다.

마치 생명을 지닌 듯이 사방으로 움직이며 회전하는
건초-갈퀴들,

증기-동력의 수확기와 마력을 활용한 기계들,

탈곡과 곡물 세척, 철저한-짚 분리, 전매특허 쇠스랑의
민첩한 동작을 촉진하는 엔진들을 바라본다.

최신형 제재-톱, 남부의 조면기와 벼-정선기를 바라본다.

오 모성이여 그대의 눈길을 받으며,

그런저런 기기들과 각자의 강력한 손으로 영웅들이 수확한다.


모두 모여서 모두가 수확한다.

그러나 오 강력한 그대가 없다면, 어떤 낫도 지금처럼 안전하게 휘둘리지 못할 것이다.

어떤 옥수수-줄기도 지금처럼 평화롭게 그 비단결 같은 술을 달랑거리지 못할 것이다.


오로지 그대 앞에서만 그들은 수확한다, 건초 한 가닥이라도 오로지 그대의 커다란 얼굴 앞에서만.

그대 앞에서 오하이오, 일리노이, 위스콘신의 밀, 낱낱의 가시 돋친 줄기를 수확한다.

미주리와 켄터키와 테네시주의 옥수수, 연두색 껍질에 싸여있는 낱낱의 옥수수자루를 수확한다.

건초를 무수한 더미들로 만들어서 향긋하고 고요한 헛간들에 쌓는다.

귀리를 저장용 통들에, 미시간의 감자, 메밀도 저장 통들에 담는다.

미시시피나 앨라배마에서 목화솜을 따 모은다. 조지아와 노스캐롤라이나 사우스캐롤라이나의 금빛 고구마를

캐서 저장한다.

캘리포니아나 펜실베이니아의 양모를 깎는다.

중부의 주들에서는 아마를, 국경 지역들에서는 삼이나 담배를 벤다.

북부든 남부든 이 모든 주에서 완두콩과 콩을 뽑거나,

나무들에 열린 사과나 포도 덩굴들에 맺힌 포도송이들처럼, 무르익는 온갖 과일을 딴다,

빛나는 태양 밑에서 그대 앞에서.

# 쟁기질하는 사람이
# 땅을 가는 모습을 지켜보다가

As I Watch'd The Ploughman Ploughing

쟁기질하는 사람이 땅을 갈거나,

씨 뿌리는 사람이 밭에 씨를 뿌리거나, 추수하는 사람
이 추수하는 모습을 지켜보다가,

거기에도, 오 삶과 죽음, 너희와 닮은 게 있다는 것을
알았다.

(인생, 삶은 경작이요, 죽음은 그에 따른 수확이니.)

# 노동을 덜어주는 어떤 기계도
No Labor-Saving Machine

노동을 덜어주는 어떤 기계도,
어떤 발견도 나는 하지 못했다.
나는 병원이나 도서관을 설립할 만큼 넉넉한 유산도,
아메리카를 위한 어떤 용기 있는 행동에 대한 추억도,
문학적 성공도 지혜도, 책꽂이에 꽂을 만한 책도 뒤에
남기지 못할 것이다.
　그저 허공에 울려 퍼지는 환희의 노래 몇 곡
　동무들과 연인들을 위해 남겨놓을 따름이다.

# 나의 유산
My Legacy

   사업가로 엄청난 부를 획득한 사람은

   근면 성실하게 세월을 보내며 얻은 결실들을 점검하고,

떠날 준비를 한 다음에,

   집들과 땅들을 자식들에게 나눠주고, 주식, 재화, 기금

들을 학교나 병원에 유증하고,

   몇몇 벗들에게 징표들, 보석과 황금 기념품들을 사라고

돈을 남긴다.


   그러나 평생을 조망하다가, 마무리하는 나에게는

   게으른 세월로 인하여 딱히 내보이고 유증 할 것이 없

어서,

   집도 없고 땅도 없고, 내 벗들에게 줄 보석이나 황금

징표도 없어서,

   당신과 당신의 후손들을 위해 전쟁에 대한 몇 가지 기

억들과,

   임시 주둔지들과 군인들의 작은 유품들을, 나의 사랑과

함께,

   이 노래 꾸러미에 묶어서 남긴다.

# 노년에 감사드린다

Thanks in Old Age

노년에 감사드린다 — 내가 떠나기 전에 감사드린다

건강, 한낮 태양, 미세한 공기 — 삶, 그저 살아있다는 것에,

계속-남아있는 귀한 기억들 (사랑하는 나의 어머니 당신의 — 아버지, 당신의 — 형제들, 자매들, 친구들, 당신들의 기억들에.)

나의 모든 나날 — 평화의 나날뿐 아니라 — 전쟁의 나날들에도 똑같이 감사드린다.

점잖은 말들, 애무들, 외국들에서 온 선물들에,

은신처, 포도주와 고기에 — 다정한 공감에,

(멀고 아득한 미지의 당신에게 — 또 젊든 늙었든 — 무수한, 불특정의, 사랑하는 독자들에게 감사드린다.

우리는 만난 적이 없고, 만나지도 못할 것이다 — 하지만 우리의 영혼들은 오랫동안, 꼭 붙어서 오랫동안 포옹할 것이다.)

존재들, 집단들, 사랑, 행위들, 말들, 책들에 — 색깔들, 형태들에도,

아주 용감하고, 강력하고, 매우 헌신적인 사람들에게도

— (내가 떠나기 전에 특별한 월계관을, 삶이라는 전쟁의 선택받은 사람들,

노래와 사상의 포수들 — 위대한 포병들 — 앞장선 지도자들, 영혼의 선장들에게 바친다.)

군인이 전쟁을 끝내고 돌아왔듯 — 여행자가 무수한 여행의 긴 행렬을 회고하듯이,

감사드린다 — 기쁘게 감사드린다!—군인으로서, 여행자로서 감사드린다.

# 머지않아 죽을 이에게

To One Shortly To Die

다른 모든 이들 중에서 나는 당신을 택하여, 당신에게 전언을 남긴다.

당신이 죽으면 — 다른 이들이야 당신에게 하고 싶은 말을 하겠지만, 나는 얼버무리지 못한다.

나는 엄격하고 무자비하다. 하지만 나는 당신을 사랑한다 — 당신을 위한답시고 회피하지 않는다.


부드럽게 내가 내 오른손을 당신의 몸에 얹으면, 당신은 바로 그 손길을 느낄 것이다.

나는 다투지 않을 것이다. 나는 머리를 바짝 수그려서 그 손을 반쯤 감쌀 것이다.

나는 조용히 곁에 앉아있을 것이다. 나는 충실하게 남아있을 것이다.

나는 간호사 이상의, 부모나 이웃 이상의 역할을 할 것이다.

나는 온전히 영적인, 그러니까 영원한 당신 자신만 빼고, 당신 자신이 틀림없이 벗어날, 모든 것으로부터 당신을 용서할 것이다.

당신이 남길 시신은 그저 대변 같은 것에 불과할 것이다.

햇살이 전혀 예상 밖의 방향들에서 갑자기 부서질 것이다.

강력한 생각들이 당신을 가득 채울 것이며 확신에 차서, 당신은 미소할 것이다.

당신이 아프다는 것을 내가 잊어버리듯, 당신도 자신이 아프다는 것을 잊어버릴 것이다.

당신은 약들을 쳐다보지 않을 것이다. 당신은 눈물 흘리는 벗들을 신경 쓰지 않을 것이다. 내가 당신과 함께 있을 것이다.

나는 당신한테서 다른 사람들을 몰아낼 것이다. 동정 따위는 필요하지 않을 것이다.

나는 동정하지 않을 것이다. 나는 당신을 축하할 것이다.

# 소리 없이 인내하는 거미 한 마리

A Noiseless Patient Spider

소리 없이 인내하는 거미 한 마리,

나는 그 거미가 자그마한 갑 위에 고립되어 서 있는 곳을 주시하였다.

그 거미가 공허하고 광대한 주변을 탐색하는 장면을 주시하였다.

그 거미는 제 몸에서 필라멘트, 필라멘트, 필라멘트 같은 실을 뽑아서 쏘았다.

그 실들을 계속 풀어서, 지칠 줄 모르고 계속 날리고 있었다.

그렇게 오 나의 영혼아 너도 헤아릴 수 없는

우주의 바다에서, 에워싸인 채, 초연하게 서서,

끊임없이 사색하고, 감행하고, 투사하고, 영역들을 연결하는 방도를 찾다 보면,

결국에는 네가 필요로 하는 다리가 생길 것이다. 결국에는 그 늘어나는 닻이 걸릴 것이다.

결국에는 네가 던지는 그 거미줄이 어딘가를 붙잡을 것이다, 오 나의 영혼아.

# 담대하게 이제 오 영혼아
Darest Thou Now O Soul

담대하게 이제 오 영혼아,
나와 함께 미지의 영역으로 떠나겠느냐,
발에 밟히는 땅도 없고 따라갈 길도 없는 그곳으로?

그곳에는 지도도 없고, 길잡이도 없다.
들리는 목소리도 없고, 사람의 손길도 없다.
그 나라에는 꽃 같은 살결의 얼굴도 없고, 입술도 없고,
눈도 없다.

나는 그곳을 모른다, 오 영혼아,
너도 모른다. 우리 앞의 모든 것이 빈 백지 같지만,
그 영역, 그 접근하기 어려운 나라에서 꿈에도 생각하
지 못한 온갖 일들이 기다린다.

마침내 매듭들이 풀리면,
시간과 공간, 그 영원한 매듭들 말고는,
어둠, 중력, 감각도, 그 어떤 경계들도 우리를 제한하지
못할 테니.

그때가 되면 함께 튀어 나가, 함께 떠다니자,

시간과 공간 속에서 오 영혼아, 미리 대비하고 있다가,

똑같이, 채비하고 마침내 (오 기쁨이여! 오 모든 것의
결실이여!) 그 기쁨과 결실을 성취하자, 오 영혼아.

# 잘 가라 나의 상상아!

Good-Bye My Fancy!


잘 가라 나의 상상아!

안녕 귀한 동무야, 소중한 사랑아!

나는 곧 떠난다. 나는 모른다, 어디로 가는지,

어떤 운명을 만날지, 내가 너를 다시 볼 수나 있을지도.

그러니 잘 가라 나의 상상아.


이제 마지막이니 — 잠시 돌아보자꾸나.

내 안의 시계가 점점 느리고 희미하게 똑딱이다가,

출구가 열리고, 땅거미가 내리면, 이내 심장이 턱 멈출 테니.


우리는 오랫동안 함께 살며, 기뻐하고, 어루만졌지.

즐거웠다! — 이제 이별이구나 — 잘 가라 나의 상상아.


그래도 너무 서두르지는 말자.

우리는 참으로 오랫동안 함께 살고, 자면서, 배어들었지. 정말로 뒤섞여 한 몸이 되었지.

그러니 우리가 죽는다면 우리 둘이 함께 죽는 것이니

(그래, 우리는 계속 한 몸이겠구나.)

우리가 어디로 가든 우리 둘이 함께 가서 일어날 일에 대응하자.

어쩌면 우리가 더 행복하고 더 즐겁게 살면서, 무언가를 배울지도 모르지.

어쩌면 지금처럼 나를 인도해서 진실한 노래들을 만나게 해줄 이가 바로 너일지도 모르지. (누가 알겠니?)

어쩌면 필멸의 문손잡이를 돌려서, 확실히 열어줄 이가 바로 너일지도 모르지 — 그럼 이제 마지막으로,

잘 가라 — 안녕! 나의 상상아.

# 월트 휘트먼의 삶과 『풀잎』

Walt Whitman. 1819.5.31~1892.3.26

37세의 월트 휘트먼. 『풀잎(Leaves of Grass)』(1855)의
속표지에 실린 사무엘 홀리어(Samuel Hollyer)의 강판 삽화.

월터 휘트먼Walter Whitman은 1819년 5월 31일에 미국 뉴욕주 남동부의 섬, 롱아일랜드의 웨스트힐스에서 태어났다. 그는 9남매 중 둘째로, 동명의 아버지와 구분하기 위해 어릴 때부터 "월트Walt"라는 애칭으로 불렸으며, 목수였던 아버지는 일곱 아들 중 셋을 역대 미국 대통령의 이름앤드루 잭슨,조지 워싱턴,토머스 제퍼슨을 따서 지었다.

월트 휘트먼은 4살 때 가족들과 브루클린으로 이사하여 그곳에서 5년간 공립학교를 다녔는데, 그것이 휘트먼이 받은 공식 교육의 전부였다. 집이 가난해서, 열한 살의 어린 나이에 일을 시작할 수밖에 없었던 휘트먼이 처음으로 구한 일자리가 변호사 사무실의 사환이었다. 그 후에, 그는 롱아일랜드의 주간 신문『애국자』의 인쇄소 수습공으로 취직했고, 다른 인쇄소를 거쳐, 주간 신문『롱아일랜드 스타』에 들어갔다. 이즈음부터 휘트먼은 도서관에 드나들며 지역의 토론모임에 참석하고 극장 공연도 관람하며『뉴욕 미러』에 익명으로 시를 발표하였다. 1835년 5월에 열여섯 살의 휘트먼은『롱아일랜드 스타』를 그만두고 뉴욕으로 갔으나, 인쇄출판 지역에 난 화재로 인해 일자리를 구하지 못한 채, 1년 만에 롱아일랜드 햄프스테드의 가족들에게 돌아간다. 그리고 여기서 1838

년 봄까지, 여러 학교에서 교사로 일했다.

1838년에, 휘트먼은 뉴욕의 헌팅턴에서 주간 신문『롱아일랜더』를 창간하고, 발행, 편집, 인쇄, 배포와 배달까지 혼자서 처리하며 의욕적으로 일했으나, 10개월 만에 다른 사람한테 팔아넘길 수밖에 없었다. 그는 잠시 식자공으로 취직하였고, 1840년 겨울부터 1841년 봄까지 다시 교사로 살면서 여러 신문에 일련의 사설을 발표하였다. 이 무렵에, 한 학교에서 남학생들과 남색을 즐겼다는 혐의로 사람들에게 큰 곤욕을 치른 휘트먼은 1841년 5월에 뉴욕으로 돌아가서 1842년부터 1846년까지『오로라』,『이브닝 태틀러』,『미러』와『브루클린 이브닝 스타』에서, 그리고 1846년부터 1848년까지『브루클린 이글』에서 편집인으로 살았다. 이 시절에 휘트먼은 한 잡지에 「교실에서 일어난 죽음—실화」라는 단편소설을 발표하였고 민주당 집회에 참석해서 지지연설을 하였다. 그가 1848년에『브루클린 이글』에서 일자리를 잃은 것은 보수적인 사주와의 정치적인 성향 차이 때문이었다. 당시 자유지역당Free Soil Party, 공화당의전신의 대의원이었던 휘트먼이 택한 길은 당의 기관지『위클리 프리먼』의 창간이었다. 그는 1848년 9월 9일부터 1849년 9월 11일까지 이 주간 신문의 발행과 편집에 적극적으로 관여하였다.

그 후부터 1855년『풀잎』초판을 낼 때까지, 휘트먼은 인쇄소와 문방구 점원, 목수, 건설노동자, 부동산 투기까지, 실로 다양한 삶을 체험하거나 관찰하고 그것들을 글로 옮기며 본격적인 시인의 길로 들어섰다. 이 시기에 그는 호머의 고전들과 성서, 셰익스피어의 극들, S. T. 콜리지의 시, 월터 스콧과 찰스 디킨스의 소설들, 그리고 미국 독립전쟁의 정신적 토대를 제공한 인물로 간주 되는 토머스 페인의 급진적인 사상들을 즐겨 읽었으며, 셰익스피어의 연극들을 즐겨 관람하였고, "오페라가 없었다면 『풀잎』을 쓰지 못했을 것"이라고 언급할 만큼 오페라에 심취했으며, 장소에 상관없이 호머와 셰익스피어의 작품들을 큰소리로 낭송하며 돌아다녔다고 전해진다.

1855년 7월 4일에, 휘트먼은 마침내 『풀잎』 초판을 자비로 출판하여 세상에 내놓는다. 출판사도 없이 한 인쇄소에서 795부를 찍어서 배포한 이 시집에는 작가의 이름이 빠져 있었고, 속표지에 휘트먼 본인의 강판 초상화가 실려 있었다. 휘트먼은 서문과 12편의 자작시를 엮어서 인쇄한 이 시집을 랠프 월도 에머슨에게 보내서 의견을 구했는데, 에머슨은 시집을 읽자마자 구구절절 칭찬 일색의 편지를 다섯 장이나 써서 그에게 보내주었다. 실로 혁신적이고 충격적인 내용이 들어 있었음에도 크게 주목받지 못했을 뻔한 이 시집이 "미국이 지금까지 이룩한 재기와 지혜 중 가장 탁월하다"라는 에머슨의 평가에 큰 흥미를 불러일으켜, 바로 다음 해에 32편의 시와 에머슨의 답장 편지를 수록한 개정증보판이 나왔다.

2판의 표지에는 에머슨의 편지에서 뽑은 "위대한 이력을 시작하는 당신을 환영한다"라는 문구가 금박으로 도드라지게 새겨졌다. 그러나 에머슨의 칭찬에도 불구하고 『풀잎』을 '불경스럽고 외설적인 쓰레기'로 폄훼하는 이들도 적지 않았다. 당시에 저속하게 취급된 성적인 주제와 노골적인 성애의 표현이 주로 비판을 받았는데, 그 때문에 출판사에서 2판을 배포하지 않을 뻔했다는 후문도 전해진다.

초판이 출간되고 1주일만인 1855년 7월 11일에 휘트먼의 아버지가 65세의 나이로 사망하였고, 『풀잎』 초판을 통해 성공적으로 데뷔했음에도, 휘트먼은 여전히 가난한 시인이었다. 1857년에 휘트먼은 다시 브루클린 『데일리 타임스』에 입사해서 1859년까지 편집 일을 보았고, 1860년 3월에 『풀잎』 3판을 발행하였다. 이 시집에는 앞에서 언급한 문제의 동성애 사건을 암시하는 「창포」, 에머슨도 삭제를 권유했다는 「아담의 자식들」 등이 새로 수록되었다.

그리고 1861년 4월에 남북 전쟁이 발발하자, 휘트먼은 북부 연방군의 단결을 부르짖는 시 「두드려라! 두드려라! 북들아!」를 발표한다. 동생 조지 워싱턴이 북군에 입대해서 전선의 상황을 편지로 생생하게 전해주던 차에, 휘트먼은 『뉴욕 트리뷴』에 실린 부상자명단에서 동생의 이름을 보고 곧장 남부로 향한다. 그가 지갑까지 도둑맞아가며 밤낮으로 걸어서 도착한 전선은 그야말로 참혹한 아수라장이었다. 다행히도,

동생 조지는 가벼운 부상을 입어서 무사했으나, 숱한 부상병들의 처참한 모습에 도저히 발길이 떨어지지 않았던 휘트먼은 그곳 야영지에서 2주간 머물며 병사들을 보살폈다. 그리고 1862년 12월에 워싱턴으로 돌아와서, 군 재무관실에서 시간제로 일하며 틈틈이 여러 군 병원에 들러서 부상병들을 돌보는 자원봉사를 했다. 그는 얼마 되지 않은 급료를 쪼개서 마련한 작은 선물을 남군과 북군을 가리지 않고 부상병들에게 나눠주며 그들의 육체적 정신적 고통을 덜어주려 애썼다.

휘트먼에게 1864년의 후반기는 정신적으로 무척 괴로운 시절이었다. 1864년 9월 30일에 동생 조지가 버지니아에서 남군에 생포되었고, 또 다른 동생 앤드루 잭슨이 12월 3일에 결핵으로 사망한 데다, 같은 달에 형 에드워드마저 정신병원에 입원하였다. 그나마 다행은 윌리엄 오코너라는 친구의 도움으로 휘트먼이 1865년 1월에 내무부 인디언사무국에 취직하고, 2월 말에 동생 조지가 석방되어 무사히 돌아온 것이었다. 내무부 직원이 된 휘트먼은 1865년 5월에 승진했으나 6월 30일에 해고되고 만다. 점잖지 못하고 외설적인 시집『풀잎』의 작가라는 것이 해고 사유였다. 다시 오코너의 도움으로 휘트먼은 법무장관실에서 일하게 되는데, 그가 맡은 일이 대통령의 사면을 목적으로 남부 병사들을 인터뷰하는 일이었다.『새터데이 이브닝포스트』의 편집자였던 오코너는 휘트먼에게 일자리를 마련해주고, 1866년 1월『선한 회색 시인』이라는 작은 책자까지 만들어서 그를 애국자로 추켜세우며 시집 『풀잎』을 적극적으로 옹호한 고마운 벗이었다. 그 책자 덕에 휘트먼의 애칭 "월트"가 널리 알려졌고 그의 인기도 점점 높아졌다. 이 시기에 휘트먼은 시집 『북소리와 속편』을 냈고, 그가 존경해마지않은 링컨 대통령의 죽음을 애도하는 시 「지난번 앞뜰에 라일락이 피었을 때」와 「오 선장님! 나의 선장님!」을 발표하였다. 휘트먼의 시 중에서 살아생전에 유일하게 시 선집들에 실린 시가 「오 선장님! 나의 선장님!」이었다.

휘트먼은 1867년에 다시 『풀잎』 4판을 세상에 내놓는다. 그가 1866년 8월에 법무부 장관으로부터 휴가까지 얻어가며 마지막 판으로 계획하고 준비한 시집이었으나, 출판사를 구하기가 쉽지 않았다. 그런 차에 1868년 2월에 영국에서 비평가이자 출판인 마이클 로제티가 『월트 휘트먼 시집』을 출간해서 뜻밖의 큰 인기를 얻는다. 영국의 여성작가 앤 길크리스트는 1869년에 이 시집을 접하고 크게 감동해서 『월트 휘트먼에 대한 한 영국 여성의 평가』라는 비평서를 낼 정도였다. 로제티의 소개로, 두 작가는 편지를 주고받으며 친분을 쌓았고, 남편과 사별한 길크리스트가 휘트먼에게 청혼까지 했으나, 그가 정중히 거절했다고 전해진다. 아무튼, 영국에서 얻은 명성에 힘입어 휘트먼은 다시 1870년에 『풀잎』 5판을 세상에 선보이는데, 같은 해에 『풀잎』의 저자가 열차 사고로 사망했다는 오보가 난다. 일이 잘 풀리려고 그랬는지, 1872년 6

월 1일에 프랑스의 잡지에 그의 시에 관한 비평이 실렸고, 그는 6월 26일에 다트머스대학의 졸업식에 초빙되어 졸업생들에게 축하 연설을 하는 영광을 누렸다.

그러나 그 무렵부터 그의 건강이 나빠지기 시작했다. 1873년 1월에 발작이 나서 몸의 일부가 마비된 휘트먼은 뉴저지주의 캠던에 살던 동생 조지의 집으로 들어갔고, 그해 5월에 어머니를 저세상으로 떠나보냈다. 1870년대 후반에 서부 지역을 방문할 정도로 건강을 많이 회복한 휘트먼은, 1882년에 필라델피아에서 출간한 『풀잎』의 수익금으로 캠던의 미클 거리에 자신의 집을 마련하고, 이곳으로 이사하였다.

말년의 휘트먼은 병든 몸임에도 캠던, 뉴저지, 필라델피아에서 링컨 대통령에 관해 강연하고 많은 시를 쓰면서 놀라운 저력을 보여주었다. 그러나 갈수록 병세가 악화하여, 그는 많은 시간을 캠던의 집에서 몸져누워 있었고, 그렇게 아픈 그를 이웃의 한 과부가 1885년에 집세를 내지 않는 조건으로 가정부로 들어와서 돌봐주었다. 미리 죽음을 예감한 휘트먼은 1891년 말부터 『풀잎』의 최종판, 소위 "임종 판"을 준비하며, 4,000달러를 들여서 할리 묘지에 집 모양의 화려한 화강암 무덤을 만들도록 주문하고, 그곳에 자주 드나들며 무덤의 진척 상황을 점검하였다.

그리고 이듬해인 1892년 3월 26일에 월트 휘트먼은 마침내 숨을 거두었다. 검시 결과, 그는 기관지폐렴으로 심각한

호흡장애를 앓고 있었던 데다, 흉부에 갈비뼈 하나가 함몰될 정도로 큰 농양이 들어차 있었다. 캠던의 자택에서 그의 시신이 공개되었는데, 3시간 만에 1,000명 이상의 조문객이 찾아와서 저마다 꽃과 화환을 바치는 바람에 시신을 안치한 참나무 관이 거의 안 보일 지경이었다. 3일 후에 휘트먼의 무덤에서 성대한 장례식이 열렸고, 훗날 부모님의 유해와 두 형제, 그 가족들의 유해도 이 무덤으로 이장되었다.

월트 휘트먼은 짧은 역사의 미국문학을 자신만의 고유한 필치와 형식으로 집대성해서 미국문학의 토대를 다진 국민 시인이요, 거기에 자신만의 색깔로 인류 보편의 문제들을 아낌없이 남김없이 감싸고 포용함으로써 미국문학이 세계문학으로 도약할 수 있는 계기와 발판을 마련한 위대한 시인이요, 형식과 내용의 측면에서 20세기 현대영미시의 나아갈 방향을 선구적으로 예시한 세계적인 시인이었다.